STIÚIDEO EAGLA

STIÚIDEO EAGLA

Siân Lewis

Brian Ó Baoill a d'aistrigh

Cló Iar-Chonnachta
Indreabhán
Conamara

An Chéad Chló i nGaeilge 2004
© Cló Iar-Chonnachta Teo. 2004

ISBN 1 902420 74 8

Pictiúr Clúdaigh: Brett Breckon
Dearadh: Foireann CIC

Bord na
Leabhar
Gaeilge

Tugann Bord na Leabhar Gaeilge
tacaíocht airgid do Chló Iar-Chonnachta

the arts
council
schomhairle
ealaíon

Tugann An Chomhairle Ealaíon
cabhair airgid do Chló Iar-Chonnachta

Is leagan Gaeilge é seo den leabhar Breatnaise *Stiwdio Erch* le Siân Lewis (1999), foilsithe ag Gwasg Gomer, Llandysul, Ceredigion, An Bhreatain Bheag.

Clóchur: Cló Iar-Chonnachta, Indreabhán, Conamara
Teil: 091-593307   **Facs:** 091-593362   **r-phost:** cic@iol.ie
Priontáil: Clódóirí Lurgan, Indreabhán, Conamara
Teil: 091-593251/593157

1

'Póigín, le do thoil.'

'Céard?' D'ardaigh Ian a chloigeann. Lís Nic Aoidh a bhí ar an taobh eile den chuntar agus gáire go cluas uirthi.

'Póigín, le do thoil, a shiopadóir uasail.'

'Bíodh an diabhal agat!' arsa Ian go cantalach.

'Hé, is custaiméir mise. Ní féidir leat labhairt liomsa mar sin,' arsa Lís agus í fós ag gáire. Sall go dtí an tseilf aráin ag bun an tsiopa léi. Ba le hathair Iain an siopa Bia Blasta.

Rinne an bheirt chustaiméirí eile a bhí sa siopa gáire nuair a chonaic siad aghaidh lasta Iain.

'Bíodh an diabhal agaibh ar fad,' arsa Ian faoina anáil.

Bhreathnaigh sé go fíochmhar ar Lís Nic Aoidh.

D'ardaigh sise a lámh, chuir meangadh milis uirthi féin agus shéid póg chuige. Iuch!

Rinne Bairbre Nic Seáin gáire agus chuir sí a ciseán ar an gcuntar. Ba í Bairbre máthair Éamoinn, dlúthchara Iain.

'Agus cén uair a thosaigh sibhse ag siúl amach le chéile?' a d'fhiafraigh sí.

'Ó, fadó fadó!' arsa Lís. 'Ach ná habair a dhath le hÉamonn. Níor mhaith liom go mbeadh éad air.'

'Ná bac léi, tá sí craiceáilte!' arsa Ian.

Pian sa tóin a bhí i Lís Nic Aoidh. PIAN! B'fhuath le hIan a bheith ag obair sa siopa nuair a thagadh sise isteach, ise agus a béal mór.

Tar éis do Bhairbre Nic Seáin agus do na custaiméirí eile imeacht, chas Ian i dtreo an teilifíseáin bhig a bhí ag bun an chuntair. Bhí sé ag athrú ó chainéal go cainéal nuair a tháinig scata páistí scoile isteach lena múinteoir. Bhí siad ar an mbealach abhaile ó chluiche peile agus bhí airgead ag gach duine acu le milseáin a cheannach.

Smarties . . . Softmints . . . Uibheacha seacláide . . . ní raibh an t-am ag Ian breathnú ar an teilifís ar feadh tamaill. Revels . . . Mars . . . Smarties . . . Arán. Ó! D'ardaigh Ian a chloigeann. Bhí sé tar éis dearmad a dhéanamh ar Lís. Sheas an 'crá croí' os a chomhair. Bhí cuma níos airde ná riamh uirthi agus í ina jíns dubha, a t-léine dhubh, agus gruaig fhada fhionn ag sileadh síos thar na guaillí.

'Euro amháin,' arsa Ian go tirim.

Freagra ar bith.

'Euro,' arsa Ian ag síneadh amach a láimhe.

'Hé!' arsa Lís agus bhrúigh sí a lámh as an mbealach.

'Mura bhfuil sé i gceist agat íoc, fág an t-arán san áit a bhfuair tú é agus bailigh leat abhaile,' arsa Ian. 'Tá tú sa bhealach ar dhaoine eile.' Bhí na páistí tar éis imeacht agus ní raibh duine ar bith eile sa siopa ag an am, ach ba chuma sin.

'Airgead!'

'Hé, féach ar an madra sin!' arsa Lís, gan aird ar bith aici ar Ian.

Madra? Madra sa siopa? Bhreathnaigh Ian thart go gasta agus é cantalach go maith, ach thuig sé ansin gur ar an teilifís a bhí Lís ag breathnú. Bhí madra a raibh bóna thart ar a mhuineál ina luí go codlatach in íoclann tréidlia. Chuimhnigh sé go ndúirt a Mham rud éigin faoi chlár nua faoi ospidéal ainmhithe. *An Bonnán Buí* an teideal a bhí air.

'Breathnaigh ar an madra sin!' arsa Lís arís.

'Tá mé ag obair.' Bhí lámh Iain fós sínte amach aige le haghaidh an airgid.

'Breathnaigh!' a scread Lís. 'Nach n-aithníonn tú é?'

'Is madra Alsáiseach é,' arsa Ian go mífhoighneach.

'Sea, ach cén madra, a amadáin?'

'An bhfuil sé i gceist agat íoc as an arán?'

Rug Lís greim ar ghualainn Iain le lámh amháin agus dhírigh sí an lámh eile i dtreo na teilifíse.

'Céard a cheapann tú?' a d'fhiafraigh sí.

'Tá sí go hálainn!'

Pictiúr de thréidlia a bhí ar an scáileán anois. Ba chosúil le réalt scannáin í lena gruaig chatach rua agus a haghaidh smeartha le púdar agus smideadh.

'Ó, tusa! Ní fiú labhairt leat!'

Rinne Ian gáire. Níor dheacair fearg a chur ar Lís. Las a haghaidh ar an bpointe.

'Euro,' arsa Ian.

'Tá faitíos ort breathnú, nach bhfuil, a pheata bhig?'

'Níl.' D'ardaigh Ian a ghuaillí. Faitíos? Ní raibh faitíos air breathnú ar mhadra agus é á chur faoi scian. Agus ar chaoi ar bith, b'fhearr leis breathnú ar an bpictiúr ar an scáileán ná ar Lís Nic Aoidh. 'Eur–'

'Anois!' Bhí a lámha á gcroitheadh san aer ag Lís. 'Breathnaigh!'

Bhí cloigeann an mhadra le feiceáil. Bhí sé ina chodladh.

'Breathnaigh ar an ngearradh, san áit ar gortaíodh é san aghaidh!' arsa Lís de scread.

Bhreathnaigh Ian agus tharraing sé anáil. Bhí gearradh ar an Alsáiseach óna shrón go dtí a shúil dheis.

'Sin é Drannaire!' arsa Lís.

'Ní fhéadfá a bheith cinnte,' arsa Ian. 'D'fhéadfadh gearradh a bheith ar na céadta madraí.'

Ní raibh Lís ag éisteacht, mar ba ghnách.

'Sin é Drannaire, cinnte!' ar sí. 'Madra Aindí. Ó, céard tá cearr leis?'

Bheadh trua agat don seanmhadra. Bhí cuma bhuartha ar aghaidh an tréidlia nuair a bhreathnaigh sí ar bholg an mhadra.

'Cén uair dheireanach a chonaic tú Drannaire, a Iain? A Iain!'

'Mmm . . .' Ní fhéadfadh Ian cuimhneamh dá dtiocfadh a bhás as. Cén uair dheireanach a shiúil sé thar an seanséipéal, áit a mbíodh na daoine gan dídean ag bailiú ar na céimeanna, Aindí agus Drannaire an tAlsáiseach ina measc?

Amach chuig an doras le Lís agus bhreathnaigh sí síos an tsráid.

'Gheobhaidh mise amach céard a tharla dó,' ar sí agus síos léi ar nós na gaoithe chuig an seanséipéal mór liath ag an gcoirnéal.

D'athraigh an pictiúr ar an scáileán tar éis do Lís imeacht. Chas an cailín seang, a raibh a craiceann chomh geal leis an sneachta, i dtreo an cheamara. Bhí a guth chomh mín le séideán gaoithe.

'Fágfaimid Samson an tAlsáiseach . . .'

'Samson!' Thosaigh Ian ag scairteadh gáire. Bhí Lís

craiceáilte. Rith sé chuig an doras le glaoch uirthi ach – ródheireanach – bhí Lís thíos ag an séipéal cheana féin.

'Beidh tuilleadh faoina scéal ar *An Bonnán Buí* an tseachtain seo chugainn.' Bhí an clár ag críochnú agus thosaigh an cailín ag canadh go brónach, 'A bhonnáin bhuí, is é mo léan do luí.'

'Iuch!' A leithéid de ghuth gránna, arsa Ian leis féin. 'IUCH!' Maith an rud nach raibh duine ar bith sa siopa leis an mbéicíl sin a chloisteáil. Bhí rud éigin ag bogadh ar chloigeann an chailín, rud éigin dubh gruagach a tháinig amach as an ngruaig fhionn agus a shleamhnaigh thar a clár éadain.

Ba bheag nár tachtadh Ian leis an uafás a bhí air. Sula raibh seans aige a anáil a tharraingt réab Lís isteach tríd an doras.

'A Iain!' a scread sí.

'Ha!' arsa Ian. Ghlan sé a scornach. Níor mhaith leis go mbeadh a fhios ag Lís gur chuir an pictiúr ar an scáileán as dó. 'Drannaire, mar dhea! Samson an madra a bhí ar an teilifís.'

'Céard?' Fágadh ina staic í.

'Samson an madra a bhí ar an teilifís. Samson a thug an cailín air.'

'Cén cailín?' Rith Lís chuig an scáileán.

'I . . . Ise.' Baineadh an anáil d'Ian. Bhí damhán alla ollmhór ina shuí ar aghaidh an chailín. Ní raibh le feiceáil anois ach beagán dá cuid gruaige. 'An cailín a bhí ag láithriú an chláir.'

Bhí Lís le báiní. 'Bhuel, bréaga atá á n-insint aici,' ar sise. 'Tá an dream thíos ag an séipéal tar éis a rá liomsa nach bhfaca siad Aindí ná Drannaire le fada.'

Bhí an cailín ar an scáileán tar éis imeacht as radharc. Bhí an damhán alla ollmhór ag tarraingt a chos isteach. Cheapfá go raibh sé tar éis í a ithe.

2

Seachtain ina dhiaidh sin bhí Ian ina sheasamh os comhair na teilifíse sa seomra suí. Bhí sé ag fanacht ar an dara clár sa tsraith *An Bonnán Buí*.

A leithéid de sheachtain! Agus an locht ar fad ar Lís Nic Aoidh. Ní raibh rud ar bith ab fhearr le Lís ná fústar agus le seachtain anuas ní dhearna sí tada ach a bheith ag déanamh fústair faoin madra Alsáiseach. Bhí sí cinnte gurbh é Drannaire a bhí ann, go háirithe ó tharla gan tásc ná tuairisc ar Aindí agus an madra le deich lá nó mar sin. Níorbh aon mhaith a rá gur dhuine gan dídean é Aindí agus gur nós leis a bheith ag teacht agus ag imeacht. Ní hea, bhí uirthi bheith ina fústaire.

Ba chuma sin, b'fhéidir, mura mbeadh ainm Iain á tharraingt isteach sa scéal aici chomh maith.

'Chonaic tusa an madra ar an teilifís, nach bhfaca, a Iain?'

'Drannaire a bhí ann, nach é, a Iain?'

'Chonaic Ian an gearradh ar a aghaidh chomh maith.'

Ní haon ionadh go raibh an teachtaireacht *Ian Mac Suibhne* ♥ *Lís Nic Aoidh* le feiceáil ar an gclár dubh.

'B'fhearr liom dul amach leis an gcailín sin ar an teilifís

11

ná le Lís Nic Aoidh,' arsa Ian le Bláithín, an cat, a bhí tar éis suí ina ucht. Go díreach ina dhiaidh sin bhí crúba Bhláithín sáite ina cheathrúna. Bhí cailín na haghaidhe báine ar an teilifís arís agus í ag canadh 'A bhonnáin bhuí, is é mo léan do luí'. Gráinne Ní Chéastúnaigh an t-ainm a bhí uirthi. 'Tá an ceart agat, a Bhláithín,' arsa Ian, 'ní maith liomsa í ach an oiread. Bhainfeadh an guth sin an ghruaig de do cheann.'

Bhí guth ciúin ag an gcailín, ach chuir sé as d'Ian mar a bheadh screadach ghéar ina chluasa. Léim Bláithín síos agus isteach ar chúl na cathaoireach léi.

Cad chuige ar thaitin an clár seo, *An Bonnán Buí,* leis an oiread sin dá chairde ar scoil? Bhí gach duine ag caint faoi, faoin damhán alla go háirithe. Ní raibh ach cúis amháin ann a raibh sé féin ag breathnú air. Bhí sé ag iarraidh a fháil amach céard a tharla do Samson an tAlsáiseach le go bhféadfadh sé clab Líse Nic Aoidh a dhúnadh.

'Ó-ó!'

Bhí solas aisteach le feiceáil ar an scáileán mar a bheadh an ghrian ag lonrú trí scamall. Tháinig pictiúr de chloigeann Samson ó lár an tsolais. Bhí ceol agus guth brónach Ghráinne Ní Chéastúnaigh le cloisteáil. 'Samson bocht. In ainneoin dhícheall na dtréidlianna, fuair Samson bás maidin Dé hAoine seo caite.'

Bhí cloigeann an mhadra le feiceáil anois agus bhí an gearradh óna shúil dheis go dtí a shrón le feiceáil go soiléir.

'Ó, damnú, damnú, damnú!'

Léim Bláithín ó chúl na cathaoireach agus isteach sa chistin léi mar a bheadh piléar as gunna fad a bhí Ian ag mallachtaigh go fíochmhar agus an teilifís á múchadh aige.

Níor luaithe ciúnas ann arís gur bhuail an fón. Rith Ian chun é a fhreagairt. Bhí súil aige gurbh é a chara Éamonn a bheadh ann, ach níorbh é. 'A Iain!' arsa guth a raibh crith ann. 'A Iain! Tá mé ag dul sall chugat.'

ÁÁÁ! Lís Nic Aoidh! Sula raibh deis ag Ian focal a rá bhí an fón leagtha síos ag Lís. Cúig nóiméad ina dhiaidh sin bhí cloigín an dorais tosaigh ag bualadh mar a bheadh bonnán tine ann.

Isteach sa halla le Lís agus na súile ar tí preabadh ina ceann.

'Ar chuala tú?'

'Céard? Bás Samson?'

'Samson! Ná bí chomh hamaideach sin. Drannaire a bhí ann. Nach bhfaca tú an gearradh?'

'Bíonn gearradh ar go leor madraí,' arsa Ian go giorraisc fad a bhí Lís ina tost agus saothar uirthi.

'Drannaire a bhí ann!' arsa Lís agus í féin ag geonaíl mar a bheadh madra ann. 'Is minic a thug mé bia dó. Aithním go maith é. Ó! Cén áit a bhfuil Aindí? Bhí meas an domhain aige ar an madra sin. Glaofaidh mise ar an lárionad teilifíse le fáil amach céard a tharla do Dhrannaire bocht.'

'OK,' arsa Ian. Rud ar bith ach fáil réidh léi.

Ach in ionad dul abhaile rug Lís greim ar an bhfón sa halla agus ghlaoigh sí ar an ionad teilifíse.

D'éalaigh Ian isteach sa seomra suí agus sheas in aice na fuinneoige. B'fhéidir, roimh i bhfad, go dtiocfadh a athair, nó a mháthair, nó a dheirfiúr nó DUINE ÉIGIN chun é a shábháil. Chuala sé Lís ag geonaíl sa halla agus ag athdhialiú.

'A Iain, gabh i leith anseo!' arsa Lís de scread. 'A Iain!'

Amach le hIan go drogallach chuici.

'Tá mé tar éis teacht ar uimhir Stiúideo Eagla, an comhlacht a léiríonn *An Bonnán Buí*,' arsa Lís. Bhí an leabhar teileafóin os a comhair. Thaispeáin sí uimhir a bhí scríofa ar an gclúdach aici dó.

'Heileo.' D'ardaigh sí a hordóg nuair a d'fhreagair guth cailín í ón taobh eile. 'Heileo. Stiúideo Eagla? Tá mé ag glaoch faoin gclár *An Bonnán Buí*. Céard?'

Rinne Ian gáire. Cibé duine a bhí ar an taobh eile bhí sí níos caintí ná Lís ar scor ar bith.

'Céard? . . . Tá mé . . . Bhuel . . .' Ach níor tugadh seans do Lís focal ar bith a rá. Go tobann scread sí, 'Hé! Fan nóiméad. Tá mise ag lorg eolais faoin Alsáiseach, an ceann a bhí ar an gclár, an ceann a fuair bás . . . Hé!'

D'iompaigh Lís a haghaidh ar Ian agus lasadh feirge inti.

Shín sí an fón chuige agus chuala sé guth caointeach a d'aithin sé go maith ag canadh, 'A bhonnáin bhuí, is é mo léan do luí . . .'

'Hé!' a scread Lís isteach sa fón. 'A Ghráinne Ní Chéastúnaigh, cén áit a bhfuil tú?'

'A bhonnáin bhuí, is é mo léan do luí,' a chan an guth go caointeach.

Chuir Lís a lámh ar sheastán an teileafóin agus mhúch é. 'Tá sé sin dochreidte!' a scread sí. 'Bhí mé ag caint leis an gcailín sin ach a luaithe a luaigh mé an madra, d'imigh sí. Glaoigh tusa uirthi anois.'

'Ní ghlaofaidh!' Léim Ian as a bealach.

'Glaoigh!' arsa Lís. 'Tá an rud ar fad aisteach.'

Rinne Ian gnúsacht go drochmheasúil. Bhí rudaí aisteacha á bhfeiceáil ag Lís gach áit.

'Ní ghlaofaidh!'

Stán Lís idir an dá shúil air, ansin chas sí ar a sáil agus amach as an teach léi, an doras á phlabadh ina diaidh aici.

'Phiú!' Shuigh Ian síos sa chathaoir. Bhí sé chomh

tuirseach sin. B'fhéidir go ndéanfadh Lís dearmad ar an Alsáiseach anois agus go ligfeadh sí dó. Rinne sé cros dá mhéara agus níor bhog sé nuair a chuala sé a dheirfiúr Brenda ag oscailt an dorais.

Bhuail an fón fad a bhí Brenda fós sa halla. Buíochas le Dia! Ligfeadh sé do Bhrenda é a fhreagairt ar eagla gurbh í Lís a bheadh ann. Chuala sé guth cairdiúil a dheirféar ag rá, 'Heileo? Ní hea. Ní hea . . . Mac Suibhne. Ní hea, An Bóthar Ard, sin muide. Slán.'

'Cé bhí ann?' arsa Ian nuair a shuigh Brenda síos in aice leis agus cianrialtán na teilifíse á ardú aici.

'Uimhir mhícheart. Uimhir eile a bhí uathu,' arsa Brenda. 'An bhfuil tú ag dul go dtí an chistin? Cuir síos an citeal agus déan cupán tae dom.'

D'éirigh Ian agus shiúil i dtreo na cistine gan iarraidh ar a dheirfiúr 'le do thoil' a rá, fiú. Fad a bhí sé ag fanacht ar an gciteal, chuaigh sé chuig an bhfón gur sheiceáil sé cén uimhir dheireanach a ghlaoigh isteach.

Bhreathnaigh sé go tobann ar an leabhar teileafóin agus baineadh siar as. Bhí uimhir an duine a labhair le Brenda ar aon dul leis an uimhir a scríobh Lís ar an leabhar.

Uimhir Stiúideo Eagla!

Buaileadh buille beag ar ghualainn Iain agus é ag siúl isteach trí gheata na scoile Dé Luain.

'A mheatacháin!' arsa Lís go colgach.

'Is meatachán tú féin,' arsa Ian. 'Agus déan do chéad ghlao teileafóin eile ó do theach féin.'

'Cad chuige?'

Bhreathnaigh Ian uirthi go searbhasach. Bhí tromluí air faoi mhadraí marbha i lár na hoíche agus dhúisigh sé agus brat allais air, ach ní raibh sé i gceist aige tada a rá le Lís faoi sin.

'Ghlaoigh Stiúideo Eagla orainn arís oíche Chéadaoin.'

'Céard?' Bhí súile Líse ag preabadh. 'Cad chuige nár ghlaoigh tú orm lena rá liom? Céard a dúirt siad faoi Dhrannaire?'

'Tada,' arsa Ian. 'Uimhir mhícheart a bhí ann, sin an méid.'

'Uimhir mhícheart!' a bhéic Lís agus rug greim ar a ghéag láimhe. 'Cé a bhí ag caint leo?'

'Brenda.'

'Céard a dúirt sí leo?'

'Dada.'

Ar ndóigh, ní raibh sé sin go hiomlán cruinn, ach bhí Ian dúdóite de Lís Nic Aoidh. D'éalaigh Ian ó ghreim Líse gur shiúil sé ar aghaidh síos an pasáiste. Rinneadh staic de go tobann nuair a chuala sé: 'A bhonnáin bhuí, is é mo léan do luí.'

A leithéid de ghleo! . . . Istigh i Seomra 9 a bhí Dónall, fear grinn an ranga, ina sheasamh ar a chathaoir agus é ag déanamh aithrise ar Ghráinne Ní Chéastúnaigh, agus na gasúir eile bailithe timpeall air ag ligean orthu gur ag seinm giotáir a bhí siad. A luaithe a chuir Ian a shrón isteach an doras, ardaíodh gleo mór feadaíola sa chúl.

Ba léir go raibh cleachtadh déanta acu. Nuair a tháinig Lís isteach díreach ina dhiaidh sin, thosaigh Dónall ag stiúradh na coda eile mar a bheadh cór ann.

'Sin í Lís i siopa Iain,' a chan Dónall.

'Hó! Hó! Hó! agus Hí! Hí! Hí!' a chan an chuid eile.

'An bpógfá mé?' ar sí go béasach.

'Hó! Hó! Hó! agus . . .'

Ar ámharaí an tsaoil shiúil an Máistir Ó hOibicín isteach agus chuir sé iallach ar gach duine a bheith ciúin.

Shuigh Ian ar a chathaoir taobh le hÉamonn agus d'fhéach go fíochmhar ar a chara. Rinne Éamonn gáire. Níor chreid duine ar bith i ndáiríre go raibh Ian ag dul amach le Lís – ní fhéadfadh a chás a bheith chomh dona sin – ach thaitin an greann a bhain siad as le gach duine. Le gach duine ach amháin le hIan agus le Lís.

Bhí Ian neirbhíseach ar chúis éigin. Maidir le Lís, bhí fústar uirthi mar ba ghnách. Ag gearán faoi Stiúideo Eagla agus faoin gcailín ar an bhfón a bhí sí agus í ina seasamh taobh le deasc an Mháistir.

Go tobann thug Ian faoi deara go raibh an Máistir ag

caochadh súile air. Ní féidir gur chreid an Máistir go raibh sé ag siúl amach le Lís Nic Aoidh? Bhreathnaigh Ian go feargach ar aghaidh chruinn dhearg an mháistir agus ar a chuid gruaige buí.

'Á!' arsa an Máistir go tobann, ag briseadh isteach ar Lís, agus a lámha á síneadh amach aige. 'Anois, sula ndéanaim dearmad air, a scoláirí dathúla agus cliste . . . Cén duine agaibh is dathúla agus is cliste? Tusa, a Iain?' Chaoch an Máistir súil air arís.

'Séééééééé!' a scread an chuid eile den rang.

'Cé eile?' arsa an Máistir.

'Líííííís!' a scread an rang arís.

'Céard?' arsa Lís go cantalach. Bhí sí fós ina seasamh taobh le deasc an Mháistir.

'Tá daoine ag teastáil le haghaidh tráth na gceist . . .'

'Ó, ní fhéadfainnse!' Bhris Ian isteach ar an Máistir.

'D'fhéadfá, cinnte. Bhuel, caithfidh tú é a dhéanamh, nach gcaithfidh?' arsa an Máistir. 'Céard fútsa, a Lís?'

Bhí an litir a bhí ar dheasc an Mháistir á léamh ag Lís. Chonaic Ian í ag ardú a cloiginn go tobann le breathnú air féin agus iontas uirthi.

'Tá go maith,' ar sí, agus phléasc na gasúir amach ag gáire fúthu. Chiúnaigh an gáire ar an bpointe nuair a dúirt an Máistir, 'Beidh beirt eile ag teastáil.' Go tobann bhí gach duine ag díriú ar an obair. 'A Éamoinn?'

'Ní fhéadfainn!' arsa Éamonn agus é ag tónacán ar a chathaoir. 'Ní bheinn maith go leor.'

'Cén cineál ceisteanna?' a d'fhiafraigh Emma.

Bhreathnaigh an Máistir Ó hOibicín ar an bpíosa páipéir a bhí ar a dheasc. 'Faoi . . .'

'Faoi gach rud,' arsa Lís a raibh an litir léite cheana féin aici. 'Is é *Lasracha* teideal an chomórtais agus beidh an chéad chlár ar siúl tráthnóna inniu ar a cúig a chlog.'

'Ar an teilifís?' Bhí guth Iain le cloisteáil ar fud an ranga. 'Is clár teilifíse é?'

'Is ea.' Ní raibh a fhios ag an Máistir cé bhí tar éis an cheist a chur go dtí gur ardaigh sé a chloigeann. 'Is ea, bhuel, a Iain, bhí a fhios sin agatsa cheana féin, nach raibh a fhios?' Bhreathnaigh sé ar an litir arís. 'Dúirt an Príomhoide gur tusa a ghlaoigh ar an gcomhlacht teilifíse ag fiafraí an bhféadfadh an scoil páirt a ghlacadh sa chlár.'

'Mise?'

'Bhuel, tusa a ghlaoigh, nach tú? Cinnte, caithfidh gur tú a ghlaoigh. Mac Suibhne, 3 An Bóthar Ard. Tá d'ainm anseo. Fair play duit, agus fair play don chomhlacht a chuir spás ar fáil dúinn chomh tapa sin.'

'Peata beag an Mháistir!' arsa Dónall i gcogar, ach ní raibh Ian ag éisteacht. Bhí sé ag breathnú go feargach ar Lís.

'Smaoinígí air!' arsa an Máistir. 'Tá duais €5000 i gceist. Ní féidir linn gan iarracht a dhéanamh duais chomh fiúntach sin a bhuachaint don scoil. Emma? Dara? Céard faoin mbeirt agaibhse? Sea, tagaigí anseo.' Scríobh sé an dá ainm ar an bpáipéar. 'Is féidir leis an gcuid eile agaibh a bheith sa lucht féachana. Sin é. Beidh sé go breá. Cuairt seachtain ó inniu ar Stiúideo . . . Cén stiúideo a bhí i gceist?' Chas sé i dtreo Líse.

'Eagla. Stiúideo Eagla,' arsa Lís go ciúin agus í ag breathnú idir an dá shúil ar Ian.

'Caithfidh mé labhairt le Lís,' arsa Ian a luaithe a bhuail clog shos na maidine.

'Céard?' arsa Éamonn agus iontas air. 'Cad chuige?'

'Níor ghlaoigh mise ar an gcomhlacht teilifíse sin,' ar sé trína chuid fiacla. 'Ise a rinne é.'

An óinseach! Síos an pasáiste leis faoi luas. Agus é ag casadh an choirnéil i dtreo an tseomra Staire bhuail rud éigin chomh trom le tanc ina choinne agus bhuail libín den ghruaig bhuí é san aghaidh.

'A Iain!' arsa Lís. 'Bhí mé do do lorg.'

'Agus, ar an drochuair, bhí mise do do lorgsa chomh maith,' arsa Ian agus amach leis tríd an doras i dtreo na gcúirteanna leadóige agus Lís ar a shála.

'Hó! Hó! Hó! agus Hí! Hí! Hí!' Chuala siad an canadh magúil agus iad ag imeacht. Ach má bhí an chuid eile den rang tar éis iad a fheiceáil, níor bhac siad lena leanúint. Bhí sé ag cur báistí go trom ar chaoi ar bith. Rug Ian greim ar an bhfál fliuch a bhí timpeall ar na cúirteanna agus d'iompaigh sé a aghaidh ar Lís.

Bhí sí ag stánadh air.

'Mar sin, níor ghlaoigh tusa ar Stiúideo Eagla, a Iain?' ar sí.

'Ar ndóigh, níor ghlaoigh,' arsa Ian, gach focal á chaitheamh amach aige mar a bheadh seile ann. 'Cén ceart a bhí agatsa m'ainm a úsáid?'

Chuir sé seo olc ar Lís.

'Céard is ciall leis sin?'

'Bhuel, ghlaoigh tusa, nár ghlaoigh?' arsa Ian. Cén míniú eile a bheadh ar an scéal? 'Ghlaoigh tusa . . .'

'Ó, ná bí chomh hamaideach sin,' arsa Lís, ag briseadh isteach air. 'Dá nglaofainnse, thabharfainn m'ainm féin dóibh. Níor ghlaoigh mé agus níor ghlaoigh duine ar bith eile ón scoil ach an oiread. Stiúideo Eagla atá tar éis úsáid a bhaint as d'ainmse, bí cinnte de.'

'Ach cad chuige?'

'Go díreach,' arsa Lís go tirim. 'Cad chuige?'

'B . . . b'fhéidir nach raibh go leor scoileanna sa chomórtas agus gur bhain siad úsáid as m'ainmse mar leithscéal le glaoch ar an bPríomhoide,' arsa Ian agus é beagán trí chéile anois.

'B'fhéidir.' Bhreathnaigh Lís air. 'Feicfimid.' Agus sula raibh deis aige a fhiafraí céard a d'fheicfidís chas sí ar a sála agus as go brách léi.

Bhí Ian ar tí í a leanúint nuair a chuala sé bonnán cairr. Bhí an tUasal Ó Maitiú, an Príomhoide, ag tiomáint trí na geataí. D'oscail sé an fhuinneog agus ghlaoigh sé ar Ian.

'Go raibh maith agat as an spota sin a fháil dúinn ar *Lasracha*, a Iain. Rinne mé féin fiosrúcháin ag tús an tsamhraidh ach dúradh liom nach mbeadh seans againn go dtí an bhliain seo chugainn. Caithfidh gur tharraing scoil éigin siar. Maith an fear tú féin!' D'ardaigh sé ordóg agus thiomáin sé ar aghaidh chuig an gclós páirceála.

Ní dúirt Ian tada le Lís faoina chomhrá leis an

bPríomhoide. Sheachain an bheirt acu a chéile an chuid eile den lá. Nuair a bhí Ian ag siúl suas an Bóthar Ard tráthnóna chuala sé coiscéimeanna ag sodar ina dhiaidh. Bhí imní air ar feadh nóiméid ach ní raibh ann ach a dheirfiúr Brenda.

'Heileo, a Réiltín,' a ghlaoigh Brenda air.

'Céard?' arsa Ian go feargach.

Thosaigh Brenda ag canadh – an raibh ar gach duine canadh?

'Bhí Ian Mac Suibhne beo ar *Lasracha* . . .'

Bhris an gáirc uirthi nuair a chonaic sí an strainc a bhí ar a aghaidh.

'Ortsa an locht,' arsa Ian. 'Tusa a thug ár seoladh don duine a bhí ar an bhfón an oíche faoi dheireadh.'

Ach ní raibh Brenda ag éisteacht. Bhí sí ag croitheadh a láimhe ar dhuine éigin a bhí sa teach. Daid! Nach luath a tháinig sé abhaile inniu? D'oscail sé an doras agus chaoch sé a shúil ar Ian. Bhí Ian ag éirí dúdóite de dhaoine ag caochadh súile air.

'An-mhaith, a Iain,' arsa Daid agus thug sonc sa ghualainn dó.

'Agus cé bhí ag caint leatsa?' arsa Ian.

'Mise.' Chaith Brenda a mála agus a cóta uaithi agus shuigh sí ar chathaoir uilleach. 'Ghlaoigh mé ar Dhaid ag am lóin.'

'Breathnóimid ar *Lasracha* le chéile le cleachtadh a fháil ar na ceisteanna,' arsa Daid. 'Beidh an tae againn anois le go mbeimid in ann díriú i gceart ar an gclár.'

Bhí Daid ar Chomhairle an Bhaile agus é díograiseach i gcónaí a smut féin a chur ar an scáileán gach seans a bheadh aige. Tháinig sé ar ais ón gcistin le tráidire lán.

'*Wow*!' arsa Brenda. 'Ceapairí agus *Pavlova*! Tá súil

agam go mbeidh an bua agat, a Iain, le go mbeidh seaimpéin agus bosca ollmhór Roses againn. Nó a lán boscaí beaga,' a mhínigh sí sula raibh seans ag Daid a rá nach mbíonn na boscaí ollmhóra aige sa siopa.

Ach gáire a rinne Daid agus thug an chéad rogha de na ceapairí d'Ian.

'Bí ag ithe anois. Hé! Níl tú neirbhíseach, an bhfuil?'

'Tusa atá do mo dhéanamh neirbhíseach,' arsa Ian agus d'ardaigh sé Bláithín an cat agus chuir ar a ghlúin í.

Chiúnaigh sé seo Daid ar feadh nóiméid.

'Ó, ná bí mar sin,' ar sé.

Ba mhinic a shuíodh Ian os comhair na teilifíse tar éis teacht abhaile ón scoil. Ach anocht ní raibh rud ar bith ab fhearr leis ná éalú ón mbosca céanna. Seó éigin cócaireachta a bhí maith go leor a bhí ar siúl ach bhí sé ag cur as dó.

Chríochnaigh an clár.

'Á! Tine,' arsa Daid go tobann.

Lig Ian osna isteach i gcluas Bhláithín. Léim lasracha trasna an scáileáin, iad ag sníomh isteach trína chéile.

'Lasracha,' arsa guth agus cloiseadh osna fhada a lean go dtí gur cailleadh í i bhfad i gcéin.

D'éirigh puth deataigh.

Bhreathnaigh Daid ar Ian go sceitimíneach. Rinne sé gáire.

Chonacthas cailín tríd an deatach. Bhí dath copair ar a cuid gruaige agus péint chopair ar a craiceann mín. 'Fáilte.' Chroith sí a cloigeann agus thit spréacha óna cuid gruaige agus óna béal. 'Fáilte chuig *Lasracha!*' Cloiseadh screadanna uafáis agus shlog an tine an cailín.

'Drámatúil,' arsa Daid. 'An-drámatúil go deo,' ar sé arís nuair a tháinig radharc den stiúideo ar an scáileán. Bhí an láithreoir, a bhí gléasta i gculaith éadaigh dhearg aonphíosa, ina suí ar charraig mhór dhubh. Thíos fúithi bhí poll ina raibh tine a raibh deatach agus lasracha ag brúchtaíl aisti. Ní raibh solas ar bith eile sa stiúideo agus léim na lasracha ar fud na mballaí.

'Fáilte,' arsa an cailín agus bhí a guth mar a bheadh siosarnach nathair nimhe ann. Fiacla órga ar fad a bhí le feiceáil ina béal. 'Is mise Elen Nic Ifreannaí. Agus i mo theannta anseo tráthnóna tá foireann de dhaoine óga ó Phobalscoil Inbhir – Lúsaí, Seán, Risteard agus Máirín – agus tá a gcairde linn mar lucht féachana.'

Tháinig béicíl ón lucht féachana sa dorchadas agus dhírigh an ceamara ar cheathrar gasúr a raibh dath an bháis orthu. 'Tá a máistreás, Iníon Ní Phrontaí, in éineacht leo.' Bhí Iníon Ní Phrontaí ina suí ina haonar agus cuma bhuartha uirthi. 'Chun an €5000 a bhuachaint, ní mór don fhoireann 50 ceist a fhreagairt i gceart roimh dheireadh an chláir. Tuigeann sibh nach bhfuil am ar bith le cur amú. Ní mór freagra a thabhairt ar an bpointe nó rachaidh mé ar aghaidh go dtí an chéad cheist eile.'

'M'anam ach níl cuma ró-iontach ar an bhfoireann sin,' arsa Daid. 'Cuir cuma cheart ort féin nuair a bheidh tusa ann, a Iain, agus bíodh gáire ar do bhéal. Tá an gáire an-tábhachtach.'

'Éist, a Dhaid!' arsa Brenda.

D'ardaigh Elen Nic Ifreannaí méar ar a raibh ionga fhada órga. 'Ullamh?'

'Ullamh, a Iain?' arsa Daid agus é ina shuí ar imeall na cathaoireach, agus é ag déanamh iontais.

Rinne Elen Nic Ifreannaí gáire. Dhírigh an ceamara uirthi ar feadh nóiméid agus mhothaigh Ian a súile ag dul i bhfeidhm ar a intinn go dtí gur bhuail corraíl mhór Bláithín gur sháigh sí a hingne isteach ina chos.

'Ó, a Bhláithín!' arsa Ian. 'Ar fháisc mé tú? Tá brón orm.'

'A Iain!' a bhéic a Dhaid. Bhí an láithreoir tar éis an chéad cheist a chur agus bhí uimhir 1 ag preabadh ag bun an scáileáin.

'Céard?'

'Cé a rinne– ? Ó!' Bhuail Daid a dhorn ar an gcathaoir. Ní raibh an t-am aige an cheist a rá arís. Bhí Elen Nic Ifreannaí ag rith ar aghaidh.

'Cén tsiombail atá ar gach bonn euro Éireannach?'

'A Iain!' a scread Daid.

'C. . . Cláirseach!' a scread Ian.

Níor thaitin an gleo le Bláithín. D'éirigh sí agus léim sí anonn is anall ar Ian.

'Cé a chum an teilifís?'

'John Logie Baird,' arsa Ian i gcogar isteach i gcluas Bhláithín lena ciúnú. Thosaigh Bláithín ag crónán.

'Cén áit a bhfuil an Leabharlann Náisiúnta?'

'Baile Átha Cliath.'

'Cé hé Naomhphátrún na hAlban?'

'Aindriú.'

'Maith thú,' arsa Daid. 'Tá tú ag déanamh níos fearr ná na gasúir ar an teilifís.'

'Tá, ach tá siad sin trí chéile,' arsa Brenda. 'Tá an cailín róscioptha ag cur na gceisteanna.'

'Bhuel, ní bheidh Ian trí chéile,' arsa Daid. 'Beidh tusa i gceart, nach mbeidh?'

Theann Ian a chuid fiacla le chéile agus thug sé cuimilt do Bhláithín idir na cluasa lena mhéar. Thug sé sracfhéachaint ar an scáileán.   Bhí an fhoireann ag cur allais agus bhí an scór i gcúinne an scáileáin ag dul in airde go han-mhall.   Aon seans amháin a bhí ag na gasúir ceisteanna a fhreagairt, agus é sin ar an bpointe boise.

'Cén chathair inar rugadh Mozart?'

'A Iain!' a scread Daid.

'Éist!' arsa Ian.

'Cén t-ainm a bhí ar an iasc ar bhlais Fionn Mac Cumhaill de?'

'A Iain!'

'Bí ciúin, a Dhaid!' a scread Brenda.

Bhí an t-am ag sleamhnú agus 47 pointe an scór.

'Nóiméad amháin fágtha,' arsa Elen, a cuid súl agus a cuid fiacla ag spréacharnaigh.   'Go leor ama chun an €5000 a bhaint.   Cé a mharaigh an fathach Goliath?'

'Daithí!' a scread Daid ar bhaill na foirne.   'Ó, brostaígí, a leads.'

'Cén tír arb as don fhoireann rugbaí a chaitheann an Léine Dhubh?'

'Brostaígí!'

Bhí na súile leata ar na gasúir.   Bhí Bláithín ag éirí corrthónach arís.   Fad a bhí Ian ag iarraidh a anáil a tharraingt bhí Daid agus Brenda ag screadach agus bhí corraíl le mothú sa seomra.

'An N . . .   Nua-Shéalainn,' arsa duine de na cailíní.

'Cén duine a d'aimsigh Meir . . . ?'

'ÁÁÁÁ . . . !' Cloiseadh osna mhór fhada ag dul tríd an stiúideo agus macallaí ansin.

'Agus sin deireadh leis na ceisteanna,' arsa Elen Nic Ifreannaí.   'Agus an scór?   48 pointe.'

Thit ciúnas marfach san áit.   Dhírigh an ceamara ar

aghaidh bhán Iníon Ní Phrontaí a bhí istigh i measc scáileanna na lasracha.

'Ní leor é,' arsa Elen. 'Ní leor é chun an €5000 a bhaint do Phobalscoil an Inbhir.'

'Óóóóóóó!' a scread Brenda.

Bhí dath an bháis ar bhaill na foirne.

'Ó, a dhiabhail,' arsa Daid.

'Ach . . . ó bhí sibh chomh maith sin . . . tá bealach amháin eile ann chun an dá phointe sin a bhaint amach,' arsa Elen Nic Ifreannaí go mall, agus líon a haghaidh an scáileán. Bhí a cuid fiacla órga ag spréacharnaigh. Bhí loinnir ina cuid súl. 'Bhur rogha féin, a Phobalscoil an Inbhir. Gheobhaidh sibh dhá phointe breise ach . . . Iníon Ní Phrontaí a chaitheamh isteach i bPoll na Tine. Ach Iníon Ní Phrontaí a chaitheamh isteach i bPoll na Tine. ACH INÍON NÍ PHRONTAÍ A CHAITHEAMH ISTEACH I bPOLL NA TINE!' Bhí a guth ag éirí níos tréine agus níos tréine gach uair.

'Agus sibhse sa lucht féachana sa bhaile. Déanaigí cinneadh. Féachaigí ar an gceist ar an scáileán. Roghnaígí bhur bhfreagra agus brúigí bhur méara ar an bhfreagra sin. ANOIS!'

Chuala Ian guthanna ag screadach 'CUUIIIR!' agus chonaic sé a Dhaid agus Brenda ag scinneadh chuig an scáileán mar a bheadh dhá nathair nimhe ann agus 'CUIR' á bhrú acu.

'DÉAAAAAN!' Bhí na gasúir ar an scáileán ag screadach agus a lámha á n-oibriú acu san aer.

D'oscail Ian a bhéal ach sula raibh seans aige screadach leis an gcuid eile, sháigh Bláithín a crúba ina cheathrúna agus amach go dtí an chistin léi de léim.

'SEAAAAA!' a scread Daid agus Brenda agus bhí dath corcra orthu.

Agus caitheadh Iníon Ní Phrontaí isteach i lár na lasracha i bPoll na Tine. Bhí a cuid gruaige buí ag luascadh agus chualathas scread an bháis agus an poll ag dúnadh uirthi.

'ÁÁÁÁÁÁÁÁÁ!'

Bhí dath dubh ar an scáileán. Ní raibh tada le cloisteáil ach Daid agus Brenda ag iarraidh breith ar a n-anáil arís.

Nóiméad fada ina dhiaidh sin scinn saighead tine trasna an scáileáin. D'éirigh lasracha ón tsaighead agus rinneadh na focail: **STIÚIDEO EAGLA**

'Bhí sé sin go hiontach mar chlár!' Bhí Daid ar bís. Chas sé i dtreo Iain agus thug sonc dó.

'Ah!' arsa Ian.

Rinne Daid gáire agus chuimil sé a lámha le chéile.

'Iontach go deo,' ar sé le Brenda.

'Ar fheabhas,' arsa Brenda. Léim sí ina seasamh agus thosaigh ag damhsa timpeall faoi mar a bheadh sí ag dioscó. Thug Bláithín sciuird trasna an tseomra go himníoch agus í ag meamhlach.

'Scaoilfidh mé amach tú,' arsa Ian.

Rith Bláithín roimhe go dtí an doras tosaigh. A luaithe a d'oscail sé an doras, rith an cat amach ar an bhféar agus isteach sna sceacha.

Bhí sé an-chiúin ar an tsráid. Mhothaigh Ian gaoth bheag úr ar a aghaidh, gaoth chineálta an earraigh, ach bhí teas mar a bheadh tine ann ag teacht ón teach ar a chúl.

Bhí Daid agus Brenda ag sciotaíl agus ag gleo sa chistin.

'Feicim na lasracha dearga sin os comhair mo dhá shúil fós,' arsa Brenda.

'Agus mise,' arsa Daid.

'Ó, bígí ciúin, an bheirt agaibh,' arsa Ian faoina anáil.

29

Go tobann phléasc rud éigin trí fhuinneog an tí béal dorais.

'A thiarcais!' arsa duine éigin.

Baineadh geit as Ian. Chonaic sé aghaidh bhán Bhean Mhic Cárthaigh agus cuma ait uirthi. Leath gáire uirthi agus í ag stánadh air amach trí pholl sa ghloine.

'Seafóid!' ar sí agus í ag scairteadh gáire. 'Sciorr an pota as mo lámh agus mé ag útamáil leis.'

Útamáil! Bhí Sorcha Bean Mhic Cárthaigh os cionn 70 bliain d'aois. Agus é ag dul trasna leis an bpraiseach a ghlanadh, chuala Ian fón ag bualadh.

Bhí an pota ina luí ina smidiríní ar an bhféar agus piotail dhearga mórthimpeall air. Chuir na piotail sin lasair i gcuimhne dó.

Sula raibh seans ag Ian na píosaí a bhailiú osclaíodh an doras tosaigh. Amach le Bean Mhic Cárthaigh agus shiúil sí chomh fada leis an bhféar go pras ach ansin, go tobann, thosaigh a cosa ag tabhairt uathu. Bhreathnaigh sí ar an bpoll san fhuinneog agus bhuail scanradh í.

'Ó, a Iain,' ar sí go caointeach. 'Céard a tharla dom?'

'A Shorcha!' Buíochas le Dia, bhí Mam ag an ngeata. Isteach léi láithreach agus sall léi chuig Bean Mhic Cárthaigh. Chuir sí a lámh timpeall uirthi. Isteach sa teach leo agus mhúch sí an teilifís. Scuab Ian na smidiríní gloine isteach in aon charn amháin, chuir sé píosaí an phota taobh leis agus chaith sé na piotail isteach sa bhosca bruscair. Bhí sé ar an mbealach ar ais chuig an teach le ceist a chur ar Dhaid faoin ngloine nuair a mhothaigh sé lámh ar a ghualainn.

'Caithfidh mise agus tusa labhairt le chéile,' arsa guth trom Líse ina chluas. Nuair a mhothaigh sí Ian ag lúbarnaíl, theann sí ar a greim. 'Tuigim go maith nach bhfuil tú ag iarraidh labhairt liom. Bhuel, níl mise ag iarraidh labhairt leatsa ach an oiread, ach níl aon rogha againn.'

Thug Ian sracfhéachaint thar a ghualainn. D'ardaigh Lís mala amháin agus bhreathnaigh air go dána.

'Rinne mé iarracht labhairt le Lorna agus le hEmma, ach tá an bheirt acu craiceáilte.'

'Céard?' arsa Ian.

'Craiceáilte,' arsa Lís. 'Tá siad as a meabhair. An dtuigeann tú? Tá cuma measartha ciallmhar ort féin na laethanta seo – an rud is annamh is iontach.'

'Cad chuige . . . Cad chuige a raibh siad craiceáilte?' a d'fhiafraigh Ian.

Ní bhfuair sé freagra ar bith. Bhí Daid ina sheasamh – bhuel, ag damhsa – ag an doras agus é ag canadh 'Viva España' in ard a chinn is a ghutha. Chuala Mam an gleo. Tháinig sí amach as teach Bhean Mhic Cárthaigh.

'A Dhaithí!' arsa sí de scread. Shiúil Daid thar an tairseach amach agus chonaic Ian an chuma scaipthe chéanna air is a bhí feicthe aige ar aghaidh Bhean Mhic Cárthaigh. Ansin tháinig dath mílítheach ar aghaidh Dhaid agus ghlan sé an brat allais ar a éadan lena lámh. Rith Mam chuige. Leanfadh Ian í murach go raibh greim ag Lís ar a ghualainn i gcónaí.

'Céard tá cearr?' arsa Lís.

'Tá . . . Tá Daid tar éis a bheith ag breathnú ar *Lasracha . . .*'

'Agus bhuail taom é?'

'Bhuail.'

Bhí Lís ciúin ar feadh nóiméid. Ansin dúirt sí, go cúramach: 'Bhí Lorna agus Emma craiceáilte agus bhí siad sin tar éis a bheith ag breathnú ar an gclár sin chomh maith. An bhfaca tusa é?'

'Chonaic.'

'Ó!' Chuir Lís roic ar a srón. 'Bhuel, tá tusa ceart go leor. Chomh ceart agus is féidir leatsa a bheith, ar chaoi ar bith. Éist liom anois.' Sheas sí os a chomhair agus cuma dháiríre ar a haghaidh. 'Chaill mise an clár mar bhí mé ag caint le Gearóid Ó Seanáin.'

'Ó?' Bhí siopa éadaí fear ag Gearóid.

'Bhí sé ag obair sa siopa go déanach Dé Sathairn seo caite. Is cuimhin leis Aindí agus Drannaire a fheiceáil ina suí ar chéimeanna an tséipéil. Tháinig cailín éigin chun cainte leo. D'éirigh Aindí ina sheasamh agus d'imigh an triúr acu le chéile. Agus ní fhaca sé Aindí ó shin.'

'Seans gur imigh Aindí le fanacht le cara éigin.'

'Ní cara a bhí sa bhean sin,' arsa Lís go tirim.

'Cén chaoi a bhfuil a fhios agatsa?'

Bhreathnaigh Lís air go géar. 'Mar bhí cuma BHÁN uirthi.'

'Céard?'

'Bán, a dúirt mé, faoi mar a bheadh taibhse ann,' arsa Lís. 'Bhí sí tar éis a haghaidh a phéinteáil, más fíor do Ghearóid.'

'Bhuel, bíonn go leor cailíní á dhéanamh sin.'

'Ná bí ag caint seafóide,' arsa Lís go cantalach. 'Tuigeann tú go maith cérbh í.'

Gráinne Ní Chéastúnaigh. Chuimhnigh Ian ar an nguth sin ag siosarnach dá ainneoin.

'Bhuel, sin é. Tá tú tar éis an mhistéir a réiteach,' ar sé go sciobtha. Shaor sé é féin ón ngreim a bhí ag Lís air. 'Fuair Aindí cuireadh dul chuig Stiúideo Eagla le Drannaire.'

'An bhfuair muidne cuireadh dul chuig Stiúideo Eagla?' arsa Lís ag briseadh isteach air.

'Bhuel . . .'

'Ní bhfuair! Tá Stiúideo Eagla tar éis IALLACH a chur orainn dul ann, trí chleas. Trí d'ainmse a úsáid. Seans gur chuir siad iallach ar Aindí chomh maith. Tá rud éigin cearr. Fan go bhfeicfidh tú.'

Tháinig Mam amach as an teach agus scuab bheag ina lámh. Dhírigh Lís a méar ar shrón Iain. 'Fan go bhfeicfidh tú,' ar sí i gcogar agus as go brách léi agus a cuid gruaige á fuadach ag an ngaoth.

Bhí Bláithín cat ag spraoi ar an bhféar. Rug Ian uirthi agus chuimil sé a cluasa go dtí go raibh sí ag crónán mar a bheadh tarracóir ann. Murach gur tharraing Bláithín a aird ó *Lasracha* seans go mbeadh sé féin chomh craiceáilte leis an gcuid eile.

An raibh an ceart ag Lís?

An raibh rud éigin aisteach ag baint le Stiúideo Eagla?

Faoin am ar éirigh Ian an mhaidin dár gcionn, bhí Daid agus Mam imithe ag obair agus bhí Brenda imithe le bualadh le cara léi. Ní raibh fágtha mar chomhluadar aige ach Bláithín, an cat. Shuigh Bláithín ar an urlár ag a chosa agus í ag crónán fad a bhí seisean ag ithe a bhricfeasta.

'Beidh bronntanas agam duit anocht, a Bhláithín,' arsa Ian agus é ag fágáil an tí.

'Prrrrrrr,' arsa Bláithín.

'Canna bia costasach. Ceann níos costasaí ná ceann ar bith atá ag Daid sa siopa.'

'Prrr,' arsa Bláithín agus í ag sníomh trína chosa.

Léim sí suas ar an mballa le féachaint air ag dul síos an tsráid.

'IAAAAAN!'

Chuala sé an glao agus fuaim rith na gcos agus é ag dul thart ar choirnéal. Buaileadh buille ar a mhála scoile.

'M'anam ach is ortsa atá an t-ádh,' a scread Éamonn ina chluas. 'Bhí *Lasracha* iontach!'

'Ní haon ionadh gur ghlaoigh tú ar an gcomhlacht teilifíse sin, a Iain,' arsa Dónall. D'ardaigh sé dorn san aer.

'Poll na Tine! Cén múinteoir a bheidh ag dul linn chuig an stiúideo, meas tú?'

Streachail Ian é féin uathu agus bhrúigh sé an bheirt acu as an mbealach.

'An Máistir Ó hOibicín, cinnte,' ar sé ag ainmniú mhúinteoir an ranga.

'Ó! Cad chuige nach bhféadfadh Bréantachán teacht linn?' arsa Dónall.

'Seaaaaa!' arsa Éamonn. Bhí fuath aige féin agus ag Dónall don mháistir eolaíochta. Sheas sé i lár an chosáin agus scread sé ó bharr a chinn agus a ghutha, 'Bréantachán go Poll na Tine!'

'Bréantachán go Poll na Tine!' a d'fhreagair slua guthanna.

'Éistigí!' Bhreathnaigh Ian mórthimpeall agus scanradh air.

Bhí na scórtha gasúr ag déanamh ar an scoil agus, ina measc, roinnt óna rang féin. Iad sin is mó a bhí ag screadach. 'Éistigí!' ar sé le hÉamonn agus le Dónall.

Ach ag gáire faoi a bhí siad.

Ní raibh siad i bhfad ón scoil anois. Bhí an Príomhoide, an Máistir Ó Maitiú, ina sheasamh ag an ngeata.

'Dúnaigí bhur gclabanna!' arsa Ian faoina anáil.

Bheadh an Príomhoide ar mire faoin screadach seo, go háirithe agus strainséir taobh leis, cailín ard i gculaith éadaigh oráiste.

'Bréantachán go Poll na Tine!'

Shleamhnaigh cuid de na gasúir trí na geataí agus iad ag breathnú síos ar an talamh, ach bhí rang Iain fós ag screadach agus Dónall á stiúradh.

'Cé tá le caitheamh i bPoll na Tine?'

'Bréantachán! Bréantachán!'

'Éistigí!' a d'iarr Ian.

'Bréantachán!' Tháinig an scread eile seo ó threo na scoile agus rith Lís thar an Phríomhoide agus a chuairteoir. Rith sí síos i lár an chosáin agus a cuid gruaige ag preabadh anonn agus anall mar a bheadh nathair nimhe ann. Chuaigh sí díreach chuig Ian, rug greim ar a lámh agus d'ardaigh í san aer.

'Abair *Bréantachán*' ar sí ina chluas. 'Abair é!'

'An bhfuil tusa as do mheabhair chomh maith?' arsa Ian.

'Scread!' arsa Lís. Bhí impí ina glór. 'Le do thoil!!'

Le do thoil? Lís ag rá 'le do thoil'!

'Le do thoil!' arsa Lís.

Caithfidh go raibh plean aici. B'fhéidir go raibh sí ag súil go gcuirfeadh an Príomhoide pionós ar an rang agus nach ligfeadh sé dóibh dul chuig Stiúideo Eagla. An-smaoineamh! Ní raibh sé féin ag iarraidh dul in aice na háite.

'Scread!' arsa Lís agus na súile ag preabadh ina cloigeann.

'Bréantachán!' a scread Ian ar a dhícheall.

'Bréantachán!'

Bhí an slua buailte leis an ngeata anois, an-chóngarach don Phríomhoide agus don chailín sa chulaith oráiste. Ansin thug Ian faoi deara, rud a chuir iontas air, go raibh gáire ar bhéal an Phríomhoide.

'Bréantachán!'

Buaileadh bonnán cairr agus ghluais Mazda Mháistreás na gCluichí tríd an slua. Ina diaidh a bhí Alan Ó Gairbhí, an múinteoir eolaíochta – Bréantachán é féin. Stad a charr os comhair na ngeataí.

'Bréantachán!' Go tobann bhí rang Iain ag déanamh air

agus Ian ina measc. Ní fhéadfadh sé stopadh . . . bhí Lís á tharraingt.

'Bréantachán! Bréantachán go Poll na Tine!' Thosaigh na gasúir ag bualadh ar dhíon an chairr. Agus ní dhearna an Príomhoide tada; bhí gáire amaideach le feiceáil ar a aghaidh fiú.

Bhí eagla ar Alan Ó Gairbhí agus shéid sé adharc an chairr arís agus arís eile. Tháinig leathdhosaen múinteoirí a raibh cuma bhuartha orthu ón gclós go dtí an geata.

Bhreathnaigh an cailín sa chulaith oráiste thar a gualainn orthu agus ansin shiúil sí chuig an gcarr. Bhí gathanna ó sholas na gréine ag splancadh óna cuid fiacla órga agus mhothaigh Ian loscadh ina lámh mar a bheadh dó ó lasracha ann.

Labhair an cailín go ciúin. Shéid puth gaoithe agus ardaíodh a scaif fhada mar a bheadh lasair ann.

'Fan anois, a ghasúir,' ar sí. 'Is é an Máistir Ó hOibicín a bheidh libh go dtí an stiúideo. Bíonn sé níos deacra cara a chaitheamh isteach i bPoll na Tine – agus i bhfad níos spraíúla!'

'SEAAAAA!' a scread Lís agus rinne gach duine gáire.

Shleamhnaigh Alan Ó Gairbhí tharstu le linn an ghleo ar fad agus bhain an clós páirceála amach agus brat allais ar a aghaidh.

Chonaic Ian an cailín sa chulaith oráiste ag cogarnaíl i gcluas an Phríomhoide agus eisean ag iompú le breathnú airsean.

'A Iain!' a ghlaoigh an Príomhoide, 'gabh i leith anseo.'

Chuaigh Ian anonn chuige, Lís lena shála, agus chuir an Príomhoide a lámh timpeall ar a ghuaillí. 'Seo é, Ian Mac Suibhne, an buachaill a rinne teagmháil leat.'

Shín an cailín a lámh amach go cairdiúil. 'Tá áthas orm casadh leat,' ar sí. 'Is mise Gearóidín Ní Phianaí, léiritheoir *Lasracha*. Céard a cheap tú faoin gcéad chlár?'

'Ó, iontach!' arsa Lís ar an bpointe. 'Bhí sé dochreidte. Is fada liom go bhfeicfidh mé an chéad cheann eile. Céard fútsa, a Iain?' Thosaigh Lís ag damhsa faoi mar a bheadh sí imithe le craobhacha. Ghlac Ian leis go raibh sí ag iarraidh go gceapfadh an cailín go raibh sí tar éis an clár a fheiceáil agus go raibh sí as a meabhair cosúil leis an gcuid eile.

'Poll na Tine! Poll na Tine!' a scread Lís.

'Se-aaaa!' a scread Ian.

Má bhí Lís ag ligean uirthi go raibh mearbhall uirthi, bhí an Príomhoide ina ghealt, i ndáiríre. Bhí sé ag sciotaíl mar a bheadh páiste ann.

'Nach ar na gasúir seo atá an t-ádh?' ar sé.

'An t-ádh!' a scread Lís. D'ardaigh sí a dorn, 'An t-ádh dearg, muise!'

Bhris guth séimh Ghearóidín isteach ar Lís; ag breathnú ar Ian a bhí an bhean.

'Céard a cheap tusa faoi na ceisteanna, a Iain?'

Chuir Gearóidín a lámh ar a ghualainn le hiallach a chur air breathnú uirthi. Bhuail clog na scoile. Bhí an clós á bhánú. Thit ciúnas. Lonraigh an ghrian ar fhiacla Ghearóidín agus mhothaigh Ian go raibh luisne ina leiceann.

'Céard a cheap tú faoi na ceisteanna, a Iain?' a d'fhiafraigh Gearóidín don dara huair. 'An raibh siad éasca?'

'Cuid acu,' arsa Ian, é trí chéile.

'Cén chuid?'

'An . . . an tarbh, an teilifís . . .

'Se-aaaaa! arsa Lís.

38

'Céard faoin gceist faoi naomhphátrún na hAlban?' arsa Gearóidín.

'Ceart go leor.'

'Agus ainm an té a mharaigh Goliath?'

'Go breá.'

'Agus an madra?'

'Madra?' Bhí a dhá shúil sáite inti.

Leath gáire thar aghaidh Ghearóidín Ní Phianaí.

'An cheist faoin madra,' ar sí. 'Cén madra mór a bhíonn ag cabhrú leis na gardaí?'

'N . . . Ní raibh ceist ar bith ann faoi mhadra!' arsa Ian.

'Agus ní bheidh, ach an oiread.' Is fuar, gránna an aoibh a bhí ar a béal anois. 'Ar chuala tú? Ní chuirfear ceist ar bith faoi mhadra Alsáiseach.'

Bhí Gearóidín ag bagairt air! Cad chuige? Ba é Drannaire an madra! Sin é! Bhí an ceart ag Lís.

Mhothaigh Ian creathanna fuachta ar a dhroim. An raibh rud éigin uafásach tar éis tarlú do Dhrannaire? Céard a tharlódh don rang i Stiúideo Eagla?

Ní bheadh sé sábháilte dóibh dul ann! Má bhí sé baolach a bheith ag breathnú ar *Lasracha*, cén chaoi a mbeadh sé páirt a ghlacadh ann?

Nuair a bhí an rolla á ghlaoch bhreathnaigh Ian timpeall an ranga. Bhí caint na ndaltaí rósciobtha agus ró-ard, agus bhí cuma mhíshláintiúil orthu – gach duine seachas Seáinín, Lile agus Tarlaí, triúr a bhí ag an gcleachtadh drámaíochta an oíche roimhe sin, triúr nach bhfaca an clár. Agus Lís, ar ndóigh. Bhí sise ina suí go ciúin ag a deasc agus cuma an-dáiríre uirthi.

Nuair a bhuail an clog ag fógairt shos na maidine chuaigh Ian ar thóir Líse sa slua. Bheadh ar an mbeirt acu dul chuig an bPríomhoide Ó Maitiú agus iarraidh air ligean don fhoireann tarraingt siar. Bheadh orthu an scéal faoi Dhrannaire a insint dó. Agus é ag brostú go dtí príomhdhoras na scoile chuala Ian slua cailíní ag teacht ó bhun an phasáiste. Bhí Lorna Ní Dhúill ag preabadh suas agus anuas os comhair chlár na bhfógraí agus bhí a cairde ag screadach 'Ó, iontach!' agus á bualadh ar a droim. Rith Lorna a fhad le hIan.

'Féach, a Iain! Tá mise ar an bhfoireann.'

'Cén fhoireann?'

Bhrúigh Lorna é go dtí clár na bhfógraí.

'Breathnaigh!'

Bhreathnaigh Ian ar an gcárta bán agus sheas an dá shúil ina cheann air.

Foireann Lasracha

Ian Mac Suibhne

~~Lís Nic Aoidh~~. *Lorna Ní Dhúill*

Dara Ó Cualáin

Emma Logan.

'Ní raibh Lís ag iarraidh a bheith ar an bhfoireann,' arsa Lorna. 'Mar sin d'iarr mé uirthi . . .'

Ach ní raibh Ian ag éisteacht. Amach chuig an gclós leis ar nós na gaoithe agus nuair a chonaic sé Lís ag teacht ó na cúirteanna leadóige, rith sé ina treo. 'LÍS!'

'Ian!' Bhrostaigh Lís chuige. 'Bhí mé do do lorg. Tá rud éigin le hinsint agam duit . . .'

'Tá!' arsa Ian. 'Tá tú tar éis tarraingt as ar mhaithe le tú féin a thabhairt slán. Feallaire!'

'Feallaire!' a scread sé arís thar a ghualainn agus é ag rith ar ais chuig na gasúir. Ach ní raibh aon mhaith iontu siúd. Chomh luath agus a thosaigh Ian ag caint faoi Dhrannaire, thosaigh Éamonn ag magadh faoi agus a shúile ag casadh timpeall ina chloigeann.

'ÁÁÁÁÁ!' a ghlaoigh sé. 'Tá do chuid gruaige ag éirí buí.'

'ÁÁÁÁÁ! Anois tá do shrón fada fiosrach. Tá tú cosúil le . . .'

'A Líííí-s!' arsa Dónall, ag ligean air go raibh scanradh air. 'An tUasal Lís Mac Suibhne!'

Ba leor sin. Bhí na gasúir ag scairteadh gáire agus ní raibh aon duine ag iarraidh cloisteáil faoi Dhrannaire.

Agus é ag breathnú orthu bhí Ian ag smaoineamh faoi ghasúir Phobalscoil Inbhir agus faoina múinteoir Iníon Ní Phrontaí. Ní ag gáire a bhí siadsan ar an gclár *Lasracha*. Le fírinne, cuma eaglach, scanraithe a bhí orthu. N'fheadar an bhféadfaí teacht ar Iníon Ní Phrontaí? B'fhéidir go mbeadh sise sásta labhairt leis an bPríomhoide agus fainic a chur air faoi Stiúideo Eagla.

Nuair a bhuail an clog ag deireadh an lae rug Ian ar a mhála agus, gan fanacht lena chairde, síos leis go lár an bhaile. Rith sé tríd an pháirc, síos an phríomhshráid agus chas ag an gcoirnéal in aice leis an seanséipéal. Bhí sé ag déanamh ar an gcúlsráid a thabharfadh chuig an leabharlann é nuair a chuala sé duine éigin ag glaoch air.

'A I-AIN!' Bhí Gearóid Ó Seanáin ina sheasamh ar chéimeanna a shiopa éadaigh.

'A Iain!' Bhí Mam ina seasamh taobh thiar de Ghearóid. 'Gabh i leith anseo,' a ghlaoigh sí agus í ag croitheadh gheansaí na scoile ina lámh.

Bhreathnaigh Ian ar a uaireadóir. Fiche nóiméad go dtí a ceathair.

'Níl an t-am . . .'

'Hé! Tar anseo anois,' arsa Gearóid agus é ag caochadh súile air. 'Caithfidh cuma shlachtmhar a bheith ort ar an teilifís, nach gcaithfidh? Smaoinigh ar na cailíní go léir a bheidh ag breathnú.'

'A Mham . . .'

'Cuir ort é seo,' arsa Mam. Sháigh sí an geansaí isteach ina lámh agus bhrúigh sí isteach sa siopa é roimpi.

Bhí Ian ag cur allais tar éis dó a bheith ag rith. Chaith sé an seangheansaí salach ar an urlár agus las a éadan agus é ag cur an gheansaí nua air féin. Thug sé sracfhéachaint mhíshásta ar a scáil sa scáthán fad a bhí Mam ag tarraingt an gheansaí síos thar a thóin.

'Tá sé go breá ort. Céard a cheapann tusa, a Ghearóid?' a d'fhiafraigh Mam.

'Go hálainn ar fad!' arsa guth. Lís! Bhí sí ina seasamh ag doras an tsiopa!

Theann Ian a chuid fiacla le chéile, chaith an geansaí chuig Mam agus rith i dtreo an dorais.

'A Ia . . .'

'Fág an bealach.'

'A Iain . . .'

'A mheatacháin!'

'A Iain!'

Rith sí síos an tsráid ina dhiaidh. 'Éist liom! D'éirigh mé as Foireann Thráth na . . .'

'A mheatacháin!'

'Éist liom, nó pógfaidh mé tú anseo os comhair gach duine. Ná ceap nach ndéanfainn é!'

Rinneadh staic d'Ian agus d'iompaigh sé le breathnú uirthi. Bhí sé glan ar mire, ach sula raibh seans aige focal a rá, chuir Lís a lámh thar a bhéal agus labhair sí gan focal a chur amú.

'Tá sé i gceist agamsa a fháil amach céard a tharla do Dhrannaire agus Stiúideo Eagla a chuardach ó bhun go barr, ach cén chaoi a bhféadfainn é sin a dhéanamh dá mbeinn ar an bhfoireann?'

Cuardach! Is beag ciall a bhí leis sin. Nár chuala sí Gearóidín Ní Phianaí ag bagairt air.

'Tá sé ródhainséarach duit do ladar a chur isteach sa

scéal sin,' arsa Ian go giorraisc. 'Tá mise ar mo bhealach le huimhir theileafóin Iníon Ní Phrontaí as Pobalscoil Inbhir a fháil. D'fhéadfadh sise fainic a chur ar an bPríomhoide agus seans nach mbeadh orainn dul go Stiúideo Eagla ansin.'

'Ach tá mise ag iarraidh dul chuig an stiúideo!' arsa Lís. 'Tá mé ag iarraidh eolas a fháil faoinar tharla do Dhrannaire!'

Níor thug Ian aird ar bith uirthi. Ar aghaidh leis chuig an leabharlann agus d'aimsigh sé na leabhair theileafóin. Rug sé ar an leabhar a bhain le ceantar an Inbhir agus chuardaigh sloinne an mhúinteora. Bhí cúigear Prontach sa leabhar. Scríobh Ian na huimhreacha sin ina chóipleabhar.

Níor chuidigh Lís leis – ní dhearna sí aon rud seachas suí ar bhinse ag breathnú air, ach ní luaithe a bhog sé chuig an doras ach lean sí é.

'Cén áit a bhfuil tú ag dul?' a d'fhiafraigh sí.

'Abhaile le glaoch a dhéanamh,' arsa Ian go giorraisc.

'Abhaile?' Rug Lís ar a lámh. 'Ná déan!' ar sí. 'B'fhearr duit glaoch ó bhosca teileafóin – ar eagla na heagla.'

Go tobann bhuail imní Ian. Bhí an ceart ag Lís. 'Níl go leor airgid agam,' ar sé go héiginnte.

'Tá beagán agamsa.' Tharraing Lís a sparán as a póca. 'Céard faoi dhul go dtí an bosca teileafóin i Sráid Liam? Beidh ciúnas ansin.'

Bhreathnaigh Ian thar a ghualainn agus iad ag rith síos an tSráid Mhór, ach ní raibh duine ar bith ag tabhairt airde orthu. Bhrostaigh an bheirt acu ar aghaidh gan focal a rá go dtí gur shroich siad an fón i gcúinne ciúin ar chúl gharáiste Renault. D'oscail Lís an doras. Chuaigh Ian isteach i dtosach agus chuir a chóipleabhar ar bharr an teileafóin. Bhain sé an t-airgead as a phóca agus thug Lís a raibh aici dó. Dhiailigh Ian an chéad uimhir ar an liosta. Brrr. Brrr. D'éist sé leis an bhfón ag bualadh agus ag bualadh. Bhí sé ar tí an fón a chur ar ais ar an seastán nuair a chuala sé piachán.

'Heileo.'

'Iníon Ní Phrontaí?' arsa Ian.

'Is mé.'

'Múinteoir i bPobalscoil an Inbhir?'

'Sea. Cé tá ag caint?'

'Is m . . .'

Rug Lís ar a ghéag agus chroith sí a cloigeann go fiáin. Ní raibh sí ag iarraidh go dtabharfadh sé a ainm ceart.

'Tá mé ag glaoch ó Phobalscoil an Droichid,' ar sé go sciobtha. 'Tá mé ag lorg eolais faoin gclár *Lasracha*.'

'Clár iontach,' arsa Iníon Ní Phrontaí.

'Iontach?'

'Bhain mé an-taitneamh as,' ar sí agus ba chosúil le préachán í ag caint.

'Céard faoi Pholl na Tine?'

'Poll na Tine go speisialta. Bhí sé faoi mar a bheifeá báite i gcadás, an dtuigeann tú! Agus líreacáin, an cineál a fhaigheann tú ag sorcas.'

'Agus bhain tú spraoi as, mar sin?'

'Spraoi? D'fhéadfá a rá.' Rinne Iníon Ní Phrontaí gáire géar garbh mar a dhéanfadh seanbhean chaite. Bhí sí fós ag gáire nuair a d'fhág Ian slán aici agus chuir an fón ar ais.

Bhreathnaigh sé ar Lís.

'Bhuel,' arsa Lís go beo. 'Má bhain an tseanbhean taitneamh as . . .'

'Níl Iníon Ní Phrontaí sean,' arsa Ian. 'Is cailín óg í a bhfuil gruaig órga uirthi.'

'Óg?' arsa Lís agus iontas uirthi. 'Ní glór duine óig a bhí aici. Bhí . . . Á!'

Gheit Lís agus Ian nuair a bhuail an fón. Choinnigh Lís a hanáil istigh agus d'ardaigh sí an fón.

'A bhonnáin bhuí, is é mo léan do luí,' a chan an guth síos an líne, guth an chailín ó Stiúideo Eagla!

Chuir Lís síos an fón ar an bpointe agus d'oscail sí doras an bhosca teileafóin. Baineadh stangadh aisti. Bhí Gearóidín Ní Phianaí ina seasamh os a comhair.

'Ar chuala mé an fón ag bualadh?' a d'fhiafraigh Gearóidín go cairdiúil.

'Ch . . . chuala,' arsa Lís.

'Bhí mé ag fanacht ar ghlao ach ná bí buartha.'

Rinne Gearóidín gáire faoin gcuma scanraithe a bhí orthu. 'Tá mé cinnte go nglaofaidh siad arís sul i bhfad.'

Bhuail an fón ar an nóiméad sin agus isteach leis an gcailín ard ina culaith oráiste.

Shiúil Lís agus Ian ar aghaidh, ach tar éis dul timpeall an choirnéil rith an bheirt acu faoi mar a bheadh taibhsí ina ndiaidh.

'Tá sí ag faire orainn, a Iain,' arsa Lís de scread. 'Cheap mé go raibh muid tar éis dallamullóg a chur uirthi ag an ngeata ar maidin. Bhí mé ag súil go gceapfadh sí go raibh muide chomh craiceáilte leis an gcuid eile.'

'Má théimid chuig Stiúideo Eagla,' arsa Ian agus piachán air, 'beidh *muidne* chomh craiceáilte leis an gcuid eile.'

Rith an bheirt acu go tosach an tseanséipéil agus stad

siad ansin. Bhí cairde de chuid Aindí ina seasamh ann agus iad ag dáileadh bileog. Tugadh ceann acu do Ian. Bhí pictiúr d'fhear ar an mbileog agus mullach donn gruaige a bhí gliobach go maith air. Bhí sé ina shuí ar chéimeanna an tséipéil agus a lámh thart ar mhadra Alsáiseach a raibh a phus gearrtha. Bhí cuma chiúin, shocair ar an mbeirt acu. Bhí gáire ar bhéal an fhir, agus ba bheag nach raibh gáire ar aghaidh an mhadra chomh maith. Mhothaigh Ian tocht ina scornach nuair a léigh sé na focail faoin bpictiúr:

AR IARRAIDH
Aindí Ó Muirí agus Drannaire

Aindí	Drannaire
23 bliana d'aois. Tá a chuid gruaige dorcha. Airde: 5 troigh 11 orlach. As Co. na Mí ó dhúchas.	Madra Alsáiseach 6 bliana d'aois. Gearradh óna shrón go dtí a shúil dheis.

Má tá eolas ar bith agat faoin mbeirt sin déan teagmháil lena gcairde ag seanséipéal an Droichid.

LE DO THOIL!

Ba bhreá linn a fháil amach cén áit a bhfuil siad anois.

Tharraing Lís a hanáil. 'Bhí madra cosúil le Drannaire ar an teilifís agus leigheas á thabhairt dó in ospidéal na n-ainmhithe.'

'Bhí. Tusa a d'inis dúinn faoi, nach tú?' arsa cailín a raibh geansaí dearg á chaitheamh aici nach raibh cuma róshláintiúil uirthi. 'Ach ní raibh Drannaire tinn. Ar aon nós, tá an clár sin thart. Cén áit a bhfuil Aindí anois, ar aon nós?'

Bhreathnaigh Lís agus Ian ar a chéile gan focal a rá.

Cén áit a raibh Aindí? An raibh Stiúideo Eagla tar éis é a fhuadach, ag ceapadh nach dtabharfadh aon duine faoi deara go raibh sé ar iarraidh? D'fháisc Lís lámh Iain go teann sular imigh sí. Síos an chúlsráid léi i dtreo an bhaile. Rith Ian chuig Siopa na nAinmhithe. Cheannaigh sé trí channa éagsúla de bhia costasach. Bhí sé tuillte ag Bláithín.

Nach raibh?

Dá bhfeicfinnse an clár i gceart, arsa Ian leis féin, bheinn chomh craiceáilte leis an gcuid eile den rang. Agus ní bheinn buartha faoi Ghearóidín Ní Phianaí, faoi *An Bonnán Buí*, faoi *Lasracha* ná faoi Aindí.

'Céard tá á ithe ag an gcat sin?' arsa Daid tar éis an tae. Bholaigh sé den aer os cionn Bhláithín a bhí ina luí go compordach os comhair a babhla agus í ag crónán go hard. Rug Daid ar an gcanna a bhí leathfholamh. 'A thiarcais!' ar sé le Mam. 'Catsnack de luxe! Cén áit a bhfuair tú é sin?'

'Ian a fuair é,' arsa Mam.

'An bhfuil tú as do mheabhair?' arsa Daid le hIan. 'An bhfuil a fhios agat cén praghas atá air sin?'

'Cheannaigh mé féin é, a Dhaid.'

'Hm! Bhuel, sin é an saol, is dóigh, má tá tusa le bheith i do réalta teilifíse is cosúil go gcaithfidh Bláithín an cineál bia atá feiliúnach do do shaol nua a bheith aici.' Chaoch Daid súil air.

Bhí tae luath acu le go mbeadh siad in ann breathnú ar an gclár *An-Chairde*, nó *Eascairde*, mar a bhí scríofa sa nuachtán.

'*Eascairde*!' arsa Daid. 'Cad chuige a mbíonn botúin sna nuachtáin i gcónaí? *Eascairde*, a leithéid!'

'Is cuma cé acu, beidh sé leadránach ar chaoi ar bith,' arsa Brenda. Ní raibh sise ag iarraidh breathnú ar chlár ar a mbeadh Martina Wilson, cara le Daid ar Chomhairle an Bhaile, páirteach. Amach léi le bualadh lena cara Helen agus lean Bláithín amach í.

'An mbreathnóidh tusa air, a Iain?' a d'fhiafraigh Daid.

'OK,' arsa Ian. Clár leadránach a bheadh ann, ach . . . bhuel, ní raibh fonn air a bheith thuas staighre ina aonar ar chaoi ar bith. Shuigh sé síos ar an tolg taobh le Daid. Shuigh Mam ar a cathaoir ar an taobh eile, a spéaclaí uirthi, í ag fuáil pictiúir de sméara dubha ar phíosa beag éadaigh. Bhí sí tar éis an ghreim trasna a fhoghlaim agus bhí sí ag déanamh cárta lá breithe do Mhamó.

'B'fhearr dom beagán fuála a dhéanamh fad a bheas Bláithín amuigh.' Bhí Bláithín an-tógtha leis na snátha daite.

'Bhuel, féach air sin!' arsa Daid ag briseadh isteach uirthi. Rug sé greim ar ghlúin Iain agus chlaon a chloigeann i dtreo na teilifíse mar a raibh teideal an chéad chláir eile á thaispeáint. 'Breathnaigh air sin! Tá botún déanta ag an gcomhlacht teilifíse féin. Breathnaigh – *Eascairde!* Bhuel, tá fonn orm scríobh chucu. Níor chóir bheith chomh míchúramach sin. An bhfeiceann tú é, a Iain?'

'Feicim.'

'An bhfeiceann tú *Eascairde* in ionad *An-Chairde*?'

'Feicim!' arsa Ian agus mífhoighne air.

'Seans nach botún é,' arsa Mam.

Ach cé chuirfeadh *Eas-* in ionad *An-*? Is botún uafásach é sin!

'Feicimid,' arsa Mam.

Mhothaigh Ian snaidhm ina bholg. Níorbh fhéidir . . . Níorbh fhéidir gur Stiúideo Eagla a bhí ag léiriú an chláir seo chomh maith?! Rug sé ar an nuachtán, ach ní raibh eolas ar bith ann.

'A! Seo í, Martina í féin,' arsa Daid agus chuimil sé a lámha le chéile.

Bhí Martina Wilson agus a mac Annraí ina suí ar tholg compordach agus iad ag breathnú go cairdiúil ar láithreoir an chláir. Dhírigh an ceamara ar an láithreoir. Bhí cuma normálta air, duine téagartha i gcasóg dhearg agus gáire cairdiúil ar a bhéal. Ba mhór an faoiseamh é seo d'Ian. Bheadh sé leadránach, ceart go leor, díreach mar a dúirt Brenda. Cé gur thaitin Martina Wilson leis, duine í a bhí cairdiúil agus a mbíodh dea-aoibh uirthi i gcónaí, bhrúigh Ian a lámh síos le taobh an toilg, a iris sacair á lorg aige. D'oscail sé go ciúin í gan aird Dhaid a tharraingt.

Sul i bhfad bhí Ian sáite i scéal faoi eachtraí fhoireann na hÉireann in aimsir Jack Charlton, na blianta órga. Bhí dearmad déanta aige faoin gclár go dtí gur ghlaoigh Mam amach, 'Á!' Bhí sí tar éis a méar a phriocadh leis an tsnáthaid.

'Hé!' arsa Ian agus sciob sé an t-éadach uaithi sular shil fuil air. 'Bí cúramach, a Mham!'

Ní dúirt Mam focal. Bhí a súile sáite sa teilifís. Bhí Martina Wilson ina seasamh i lár urlár an stiúideo agus í ag screadach go gránna ar a mac.

'A phleidhce gan mhaith! Ná bí tusa ag rá go dtugann do mháthair drochíde duit. A leithéid de dhánaíocht! Tá tú díreach cosúil le do sheanathair Wilson – leisciúil, míbhuíoch agus suarach.'

'Ar chuala sibh sin?' Chas Annraí i dtreo an cheamara. 'Is nós le Mam lochtanna a fháil ar dhaoine eile. A Mham!' Dhírigh sé a mhéar uirthi. 'An cuimhin leat an bhanríon chruálach i scéal Phlúirín Sneachta? Tá tusa mar sin, i gcónaí ag breathnú sa scáthán, i gcónaí ag smaoineamh fút féin amháin, agus faoi na tuairimí atá ag daoine eile fút. Ní úll nimhneach atá agatsa, ach teanga nimhneach agus . . .'

'A!' Tharraing Ian a anáil trína chuid fiacla.

Bhí macalla an bhuille le cloisteáil tríd an seomra.

Bhí buille tugtha ag Martina Wilson dá mac os comhair na mílte duine. Shil an fhuil dhearg síos leiceann Annraí – d'athraigh cruth na fola agus rinneadh na focail **STIÚIDEO EAGLA** di.

Go déanach an oíche sin leag Ian an iris spóirt uaidh le taobh na leapa. Ní raibh sé in ann codladh mar gheall ar an ngleo sa chistin, cathaoireacha á scríobadh agus guthanna corraithe a Dhaid agus Sheáin Uí Mheára, méara an bhaile. Bhí an fón ag bualadh gan stad i rith na hoíche agus gach duine ag caint faoi Mhartina Wilson agus faoin gclár *Eascairde*. Ní amháin gur ionsaigh sí a mac ach gur ghlaoigh sí 'scata amadán' ar bhaill Chomhairle an Bhaile. Martina, thar dhuine ar bith eile! Ise a bhí chomh huasal, chomh dea-bhéasach i gcónaí.

Lig Ian osna agus shín sé a lámh amach agus bhrúigh sé lasc an lampa agus . . . 'AAA!' Ní raibh a fhios aige gur scread sé ach mhothaigh sé allas fuar ar a chraiceann agus a chuid gruaige ag ardú ar a chloigeann.

Rith Brenda isteach.

'Céard tá cearr?'

Fuaim an laisc, solas sa seomra, coiscéimeanna ag teacht ón doras agus Brenda lena lámh ar a ghualainn. Bhí scanradh ar Ian fós. Chonaic sé na focail **STIÚIDEO EAGLA** ar crochadh san aer os comhair a shúl. Bhí Daid ag breathnú air ón doras anois agus Mam ag cromadh os a chionn.

'Tromluí a bhí ort, a chroí?'

53

'Caithfidh gurbh ea,' arsa Ian agus é trí chéile.

'Tabhair aire dó, a Bhrenda.'

Síos staighre le Mam agus le Daid chun an comhrá faoi Mhartina a chríochnú. Bhí gach aon bhall den Chomhairle tar éis iarraidh uirthi éirí as an gComhairle. Bhí sí 'tar éis náire a tharraingt ar an mbaile ar fad,' ar siad.

'A leithéid de chaint amaideach. Ní haon ionadh go bhfuil tú fós i do dhúiseacht,' arsa Brenda. Ní raibh an clár feicthe aici féin. Bhí sí ar crith le fuacht ina pitseámaí. 'An bhfuil tú ceart go leor anois?'

'Táim.'

Ach ní raibh. Chonaic sé méar a dheirféar ag dul i dtreo lasc an lampa, an lampa á mhúchadh . . . agus ba bheag nár lig sé scread nuair a chonaic sé na focail **STIÚIDEO EAGLA** ag snámh ina threo sa dorchadas.

Léim Ian as an leaba agus rith chun na cuirtíní a tharraingt. Ba chuma cé bhí ann, Gearóidín Ní Phianaí nó Gráinne Ní Chéastúnaigh nó . . .

Ní raibh duine ná deoraí ann. Tada ach na focail **AJƆA3 O3ϘIÙITƧ** déanta as páipéar ceallafáin dearg a bhí greamaithe den ghloine.

'Nach bhfuil sé go hiontach?' Rinne Brenda gáire agus ansin chuaigh sí chuig an bhfuinneog chun an 'S' agus an 'T' a dhéanamh níos néata mar go raibh siad róchóngarach dá chéile. 'Chaith mé a lán ama ag gearradh na litreacha sin.'

'Tusa!' a scread Ian.

'Bhí sé i gceist agam d'ainmse a chur ar an bhfuinneog chomh maith, ach ní raibh go leor ceallafáin agam,' arsa Brenda. 'Hé!' Lig sí scréach nuair a stróic Ian na litreacha ón bhfuinneog le fearg gur sháigh sé isteach ina lámh iad. 'Céard tá cearr leatsa?'

'Bhí scáil á caitheamh ar an mballa acu.'

'Úúúúú!'

'Tóg leat iad!'

'Bhuel, ná bí ag caint faoi easpa buíochais! Huh!'
Amach léi agus bhain sí plab as an doras ina diaidh.

Bhreathnaigh Ian ar an solas ón bhfuinneog a bhí ag lonrú ar an mballa. Cearnóg bhuí. Gan focal ar bith ann, ba mhaith sin, faoiseamh. Ina ainneoin sin, áfach, léim sé as an leaba arís agus tharraing na cuirtíní. Ar ais sa leaba leis agus na héadaí anuas ar a chloigeann. Ba dhéagóir é ach mhothaigh sé mar a bheadh leaidín óg ann. IUCH! Bhí Stiúideo Eagla tar éis Drannaire a mharú agus Aindí a fhuadach agus pearsantacht Mhartina Wilson a athrú. Cén chéad duine eile?

'An tUasal Daithí Mac Suibhne?'

Maidin álainn a bhí ann an mhaidin dár gcionn. Bhí gathanna gréine ag lonrú tríd an doras tosaigh – ach bhí eagla a chraicinn ar Ian agus é ag breathnú ar an bhfón ina lámh ag ceathrú chun a hocht.

'Dan Mac Cosgair anseo, ó Stiúideo Eagla,' arsa an guth cúramach ar an líne. 'An bhféadfainn labhairt leis an Uasal Daithí Mac Suibhne, le do thoil? Heileo? An bhféad . . . ?'

Bhí scornach Ian tirim. Chonaic sé Daid ag teacht anuas an staighre ón seomra folctha agus a aghaidh ag glioscarnaigh. Chonaic Ian an chuma shásta ag teacht ar a aghaidh nuair a d'fhiafraigh sé:

'Domsa?' Chaoch sé súil agus thóg an fón ina lámh.

'A Mham!' Rith Ian chuig an gcistin, áit a raibh Mam ag ól cupán tae ar a suaimhneas.

'A Mham, tá Stiúideo Eagla ar an bhfón do Dhaid!'

'Cheana féin?' arsa Mam agus iontas uirthi.

'Céard tá i gceist agat?'

'Bhuel . . .' Leath gáire ar aghaidh Mham. 'Tar éis an méid a tharla aréir, tá ar Dhaid labhairt thar cheann Chomhairle an Bhaile ar an teilifís. Le taispeáint nach scata amadán . . .'

'Ní féidir leis!'

'Éist, a stóirín!' Chuir Mam méar lena beola agus bhreathnaigh i dtreo an dorais. 'Cinnte, is féidir leis. Roghnaigh an chuid eile den Chomhairle é. Is cainteoir maith é.'

'Ach . . .'

'Hé hé hé! Cén gleo é seo?' arsa guth taobh thiar díobh agus isteach le Daid go mustrach. 'Agus mise ag caint leis an léiritheoir.'

'A Dhaid, níl tú ag dul ar an teilifís?!'

'Ó-hó! Níor mhaith leat fear eile ag teacht romhat, an ea?'

Bhí gliondar ar Dhaid, a shásamh le haithint air, agus bhí lonrú ar a aghaidh. Chaith sé a lámh thar ghualainn Iain. 'Réaltaí Teilifíse, Daithí Mac Suibhne agus a Mhac. B'fhearr do na mná cuma a chur orthu féin.' Bhreathnaigh sé go magúil ar Bhrenda a bhí tar éis teacht isteach. Bhí imní ar a haghaidh.

'Níl tusa ag dul ar an teilifís, a Dhaid?!'

D'aithin Ian an imní i nguth Bhrenda. 'Cuimhnigh ar an rud a tharla do Mhartina!'

'Sea, bhuel, is óinseach ise!'

'Ní óinseach í! An clár a bhí freagrach. EAS – cairde an teideal a bhí ar an gclár. Chuir siad iallach ar Mhartina a bheith gránna.'

'Seo! Seo!' arsa Daid agus bhain sé a lámh de ghualainn Iain.

'Céard é teideal bhur gclársa, mar sin?' a d'fhiafraigh Brenda go magúil. 'Cairde deasa múinte?'

'*Badhbh,*' arsa Daid.

'Céard?' a scread Ian.

'Ní chreidim é!' Phléasc Brenda amach ag gáire agus a lámha á n-oibriú san aer aici. 'Badhbh. Éan mór amplach a stróiceann rudaí as a chéile.'

'Clár díospóireachta atá ann. An dtuigeann tú, a Iain?' arsa Daid agus é sona sásta. 'Daoine cosúil liomsa ag díospóireacht faoi rudaí tábhachtacha, ag déanamh anailíse orthu agus mionphlé.'

Badhbh? Níor chuala Ian trácht ar an gclár sin. Suas leis chuig a sheomra áit a raibh Bláithín ina luí ar charn páipéir ar an mbord beag.

Tharraing sé cóipeanna de *Foinse* agus de *Lá* amach as an gcarn agus bhí sé díreach tar éis teacht ar na cláir theilifíse nuair a chuala sé cloigín an dorais. Agus an doras á oscailt ag Mam rith Lís thairsti. Síos an staighre faoi dheifir le hIan.

'A Uasail Mhic Suibhne!' a scread Lís agus saothar uirthi. 'Ná téigh ar an teilifís. Ná déan. Le do thoil!'

'A pháistí, a pháistí, céard tá cearr libh ar chor ar bith?' arsa Daithí Mac Suibhne go magúil. Chas sé agus bhreathnaigh ar Ian. Chas Lís chomh maith.

'A Iain!' Rith sí chuige. 'Dúirt fear an bhainne go mbeadh d'athair ag dul ar . . .'

'Ar *Badhbh*,' arsa Brenda.

'Ar *Badhbh*,' arsa Ian agus Lís d'aon ghuth.

Bhreathnaigh an bheirt acu ar *Foinse*.

7.30 *Badhbh*: Clár nua géar . . .

BADHBH – géar. D'ardaigh Ian a chloigeann agus bhreathnaigh ar a dhaid – Daid bocht, é an-chinnte agus an-mhuiníneach as féin. Eisean an chéad duine eile a bheadh meallta ag Stiúideo Eagla!

Ní raibh ach aon bhealach amháin ann chun Daid a shábháil.

'A Dhaid!' arsa Ian. 'Má théann tusa ar an gclár *Sadhbh* . . .'

'*Badhbh*!' arsa Brenda agus í ag gáire go magúil. '*Badhbh.*'

'*Badhbh*,' arsa Ian. 'Má théann tusa ar *Badhbh,* a Dhaid, beidh mise ag tarraingt as tráth na gceist.'

'A Iain, a bhuachaill . . .' Shín sé a lámh amach ach sheas Ian as an mbealach.

'Ní bheidh mise ar *Lasracha* má bhíonn tusa ar *Badhbh.*'

'Ach cad chuige?' arsa Daid agus mearbhall air.

'Mar . . .' Mhothaigh Ian méara Líse ag fáisceadh ar a sciathán. Bhreathnaigh sé ar Dhaid, ar Mham agus ar Bhrenda agus iad trí chéile. Níor thuig siad an scéal. Agus, murar thuig siad tar éis *Eascairde* agus *Lasracha* a fheiceáil, cén chaoi a bhféadfaí é a mhíniú dóibh?

'Imní,' arsa Lís taobh leis.

'Ach níl imní ormsa faoi bheith ar an teilifís,' arsa Daid.

'Tá imní ar Ian,' arsa Lís.

Bhí an chaint seo ag cur as go mór d'Ian. Bhí an-trua le

feiceáil i súile Mham. D'amharc sí ar Dhaid. 'A Iain, a stóirín,' ar sí mar a bheadh sí ag caint le páiste.

'Tá imní ort, nach bhfuil?'

'Tá,' arsa Lís.

'Ní gá duit dul ar *Lasracha* má tá sé ag cur as duit.'

Is gá! Caithfidh mé! arsa Ian leis féin. Chun Daid a shábháil.

'Ó, ba mhaith le hIan a bheith ar an bhfoireann,' arsa Lís. 'Ach tá cleachtadh againn anocht agus, mar a thuigfeadh sibh, ní fhéadfadh Ian díriú ar an gcleachtadh agus é buartha faoina Dhaid i rith an ama. Gach seans go gcaillfeadh sé a áit ar an bhfoireann.'

'Ó!' Chuir Daithí Mac Suibhne cuma smaointeach air féin. Cé gur mhór an fonn a bhí air a bheith ar an teilifís, níor mhaith leis bac a chur ar a mhac.

Scríob sé a cheann go buartha. 'Trua go bhfuil mé tar éis a rá . . .'

'Téigh ag obair mar is gnách,' arsa Lís. 'Is féidir leat a rá leo tar éis am lóin go bhfuil tú tinn. Féadfaidh tú teacht abhaile ansin agus iarraidh ar dhuine éigin eile dul i d'ionad ar an gclár.'

Daid bocht. Mheas Ian go raibh droch-chuma anois air. Bhí dath liath ar a aghaidh. Ach bhí rún daingean aige. Damnú air mar scéal!

Cuireadh Ian ar crith nuair a mhothaigh sé lámh Líse ar a ghualainn.

'Gabh i leith, a Iain . . .'

'Éirigh as!' Phléasc Ian agus sall leis chuig an taobh eile den seomra leis.

Bhí rud éigin mícheart. AMACH IS AMACH. Ach ba chuma cé chomh dona agus a bhí cúrsaí ní ligfeadh sé do Lís Nic Aoidh a lámh a chur timpeall air.

Bhreathnaigh Lís ar Mham agus chroith sí a cloigeann go brónach.

IUCH!

Labhair Ian le Lís agus iad ar a mbealach ar scoil, 'Níl cúis imní agamsa níos mó ná mar atá agatsa.'

'Bhuel, d'fhéadfadh sé go mbeadh,' arsa Lís go tirim.

'Cad chuige?'

'Bhuel . . .'

Stop Ian go tobann. Bhuail gruaig Líse i gcoinne a chluaise nuair a chas sí a cloigeann.

'Bhuel, is cosúil go gceapann Stiúideo Eagla gurbh é do theaghlachsa is cúis leis na fadhbanna,' arsa Lís. 'Ba ó bhur dteachsa a ghlaoigh mise faoi Dhrannaire, an cuimhin leat?'

'Is cuimhin, cinnte,' arsa Ian go cantalach. 'Ortsa an locht . . .'

'Ní hea, ní ormsa an locht,' arsa Lís ag teacht roimhe. 'Ní mise atá tar éis Drannaire a mharú agus Aindí a fhuadach.' Bhí crith ina glór. 'Agus, tuigeann tú . . . nuair a bhreathnaíos ar *Lá*, chonaic mé clár nua eile – *An Dochtúir Croíghearradh*.'

'*An Dochtúir Croíghearradh*!'

'Clár faoi ospidéal,' arsa Lís agus í ag caint os íseal. 'Tá faitíos orm go dtarlóidh rud éigin d'Aindí, faoi mar a tharla do Dhrannaire.'

Tháinig eagla ar Ian. Bhí sé ar crith. Nuair a bhí siad ag siúl thar shiopa a Dhaid bhuail breis imní é. Bhí Daid ina sheasamh ag an doras, agus cé bhí in aice leis ach fear ard a raibh bríste dubh air agus geansaí póló dubh. A chuid gruaige a tharraing aird Iain – gruaig ar dhath geal an airgid. D'iompaigh an duine a chloigeann agus chonaic Ian an aghaidh mhín. Bhí sí mín agus bán mar a bheadh meall gréisce inti. Bhí sé ag stánadh ar Ian. Níor ghá fiafraí cérbh é féin – Dan Mac Cosgair!

'Haigh, a Dhaid!' a ghlaoigh Ian agus bhreathnaigh sé idir an dá shúil air.

Chonaic Ian cloigeann a Dhaid ar feadh nóiméid eile ach ansin d'imigh sé as radharc taobh thiar de Mhac Cosgair. Bhrostaigh siad ar aghaidh. Ní raibh sé de mhisneach ag Ian breathnú siar, ní fhéadfadh sé ach a bheith ag guí go gcoinneodh a Dhaid a gheallúint gan dul ar *Badhbh*.

'A Iain!' Bhí Éamonn ag glaoch ón gcosán thall. Tháinig sé anall agus lean Dónall agus Ben é. 'Hé!' ar sé. 'Tá do Dhaidse le bheith ar an teilifís, nach bhfuil? Iontach! An bhfuil a fhios agat, bhí naonúr as gach deichniúr de phobal an bhaile ag breathnú ar *Eascairde* aréir, de réir mar a chuala mé.'

'Bhí níos mó ag breathnú ar *Eascairde* ná mar a bhí ag breathnú ar Chraobh an Domhain,' arsa Ben thar a ghualainn.

Ní dúirt Ian tada, ach mhothaigh sé méara Líse i dteagmháil go héadrom lena mhéara féin.

Coicís roimhe sin ní raibh cloiste ag duine ar bith faoi Stiúideo Eagla, ach anois bhí naonúr as gach deichniúr ag breathnú ar a gcuid clár. Agus bhí sé ag déanamh dochair. Daid agus Brenda agus Bean Mhic Cárthaigh béal dorais craiceáilte, ar mire, tar éis dóibh breathnú ar *Lasracha*. D'ionsaigh Martina Wilson a mac agus a cairde; An Máistir Ó Maitiú, an Príomhoide ciallmhar, cúramach, ag magadh faoin Máistir Ó Gairbhí. Agus céard faoi na daoine sna bailte eile? Céard faoi Iníon Ní Phrontaí i bPobalscoil an Inbhir?

Ach bhí an-aoibh ar Éamonn. 'Dhera, ná bí chomh gruama sin,' ar sé. 'Beidh d'athair go hiontach ar an teilifís, ní hionann agus Martina.'

Martina! Thosaigh na gasúir eile ag gáire.

D'athraigh an gáire ina scread go tobann. Bhreathnaigh Ian thar a ghualainn. Bhí Dónall agus Ben ina seasamh ar an gcosán agus iad ag screadach agus a lámha á n-oibriú san aer acu.

Bhí veain bhán ag teacht timpeall an choirnéil, veain bhán ar a raibh lógó daite ar a taobh. Bhí Daid ina shuí sa suíochán tosaigh idir beirt fhear a raibh gruaig ar dhath an airgid orthu. Bhí cuma dhearg air.

'A Dhaid!' a scread Ian.

Baineadh geit chomh mór sin as gur thit sé thar chosa Éamoinn agus síos leis ar thaobh an chosáin. Mhothaigh sé pianta uafásacha ina ghlúin. Chuala sé scréach coscán agus ansin, os a chionn, chonaic sé an dá fhocal scanrúla:

STIÚIDEO EAGLA

11

Sula raibh seans ag Ian bogadh, léim an bheirt fhear as an veain agus d'ardaigh siad é.

'A Dhaid!' arsa sé de scread.

'Tá mé anseo! Ná bí buartha!' Nuair a chuir an bheirt fhear Ian isteach i gcúl na veain dhreap Daid isteach chuige agus dhún sé an doras. I bpreabadh na súl bhí an t-inneall dúisithe agus an veain faoi luas i lár na tráchta.

'A Dhaid! Amach linn! Tá mé ceart go leor. Ní raibh ann ach buille beag.' Rinne Ian iarracht éirí agus é féin a chaitheamh i dtreo an dorais, ach bhí greim daingean ag Daid air agus thit an bheirt acu ar an urlár.

'Luigh síos.'

'Cá bhfuil ár dtriall?' a scread Ian agus an veain ag dul níos sciobtha.

'An t-ospidéal, le go mbreathnóidh duine éigin ort.'

'Cén t-ospidéal?'

'Bhuel, Ospidéal an Droichid, ar ndóigh.'

'An bhfuil tú cinnte?'

'Táim,' arsa Daid go bog, ag ceapadh go raibh Ian trí chéile.

'Ach cad chuige a bhfuil tusa sa veain?'

Bhí cuma chaite, bhánliath ar aghaidh Dhaid. Ní raibh fuinneoga sa veain, ach bhí sraith de bholgáin ann a raibh solas bándearg á chaitheamh acu ar gach rud.

'Bhuel,' arsa Daid go héiginnte. 'Tá socruithe nua déanta faoi scannánú *Badhbh*. Tháinig Dan le mé a fheiceáil sa siopa agus ní raibh mé in ann a rá go raibh mé tinn. Bhí siad ag iarraidh orm dul chuig Stiúideo . . .

'Stiúideo Eagla!' Thosaigh Ian ag cur allais le teann eagla. Bhí Ospidéal an Droichid an-ghar don áit ar thit sé. Ba cheart go mbeidís ann faoi seo.

'Cén áit a bhfuil muid, a Dhaid?' a scread sé.

'Tóg go bog é, a Iain,' arsa Daid agus greim daingean á choinneáil aige air.

'Féach! Tá muid ag stopadh.'

Bhí an ceart ag Daid. Bhí siad ag stopadh. Ach cén áit? Choinnigh Ian a anáil istigh agus é ag breathnú ar mhurlán an dorais ag casadh, an doras ag oscailt . . .

'Lís!'

An uair seo, ar a laghad, bhí áthas ar Ian Lís a fheiceáil; b'fhearr ise a fheiceáil ina seasamh ansin ná Mac Cosgair agus an tiománaí. Agus bhí áthas uirthise eisean a fheiceáil. Rinne sí gáire leis.

'Rachaidh mé ar lorg banaltra,' ar sí.

Bhí an veain páirceáilte os comhair Ospidéal an Droichid. Rith Lís isteach an doras, ach d'fhan Dan Mac Cosgair agus an fear eile ina seasamh ansin, súile géara iontu agus an giall sáite amach. Leag Ian a chloigeann ar ghualainn a Dhaid.

'Tá aiféala orm faoi sin,' arsa Daid go leithscéalach le Dan Mac Cosgair. 'An gceapann tú go mbeidh sibh in ann teacht ar dhuine éigin eile le labhairt ar *Badhbh*? Is féidir liom cúpla ainm a thabhairt duit. Ní fhéadfainn Ian a fhágáil . . .'

'Fan go bhfeicfimid cén chaoi a mbeidh Ian.' D'éirigh spréach den solas airgid ó fhiacla Dan. 'Seans go mbeidh sé ceart go leor.'

'Ní fhéadfainn díriú ar an ngnó ar aon nós.' Bhí Daid ag insint na fírinne. Ní ag lorg leithscéalta a bhí sé. 'Tá an-bhrón ar fad orm.'

Ghlan an gáire ar bhéal Mhic Chosgair, ach sula raibh seans aige labhairt le Daid, chonaic Ian aghaidh chairdiúil Bheití, banaltra ar aintín le hÉamonn a bhí inti, ag teacht chucu, Lís taobh léi agus cathaoir rothaí á brú aici.

'Céard atá ar na buachaillí seo go mbíonn siad ag titim thar a chéile i gcónaí?' ar sí agus í ag gáire. 'Ag breathnú ar na cailíní in ionad a bheith ag breathnú rompu.' Chaoch sí súil ar Lís agus rug greim daingean ar ghéag Iain. 'Bí cúramach anois. Lig tú féin anuas ormsa. Nó ar mhaith leat go n-iompródh duine éigin tú?'

'Tá mé ceart go leor.' Rug Ian greim ar a Dhaid agus ar Bheití agus shiúil sé go bacach eatarthu chuig an gcathaoir. Níorbh é seo an chéad uair a ghortaigh sé a chos, mar ab eol do Bheití. Ghortaigh sé a ghlúin le linn cluiche peile tamall siar, mar sin ba mhaith ab eol dó cén chaoi le déileáil leis. Lig sé air go raibh a chos níos measa ná mar a bhí sí, ar mhaithe le Daid.

Cuireadh Ian i gcathaoir rothaí. Chonaic sé cathaoir rothaí eile ag teacht ina threo agus bean inti. Bhí dath geal ar aghaidh na mná agus bhí sí ar crith.

'Martina Wilson,' arsa Daid agus iontas an domhain air. Stad sé le labhairt léi. Shiúil Lís taobh le cathaoir Iain go dtí gur fhág an Bhanaltra Beití sa seomra feithimh í. Chrom Lís síos.

'Rinne Stiúideo Eagla iarracht tú féin agus do Dhaid a fhuadach,' ar sí i gcogar.

'Céard?'

'Chonaic mé iad. D'iarr mé ar Sheán Ó Néill síob a thabhairt dom chuig an ospidéal féachaint cén chaoi a raibh tú. Lean muid an veain agus chuaigh sé thar an gcasadh go dtí an t-ospidéal. Shéid Seán adharc an chairr agus rinne comharthaí lena lámh go dtí gur chas an veain agus gur thug anseo sibh. Murach sin . . .'

Bhuail scanradh Ian. Murach sin . . . bheadh Daid ar a bhealach chuig *Badhbh* agus é féin ar a shlí chuig an Dochtúir Croíghearradh! Bhí sé slán sábháilte faoi láthair. Ach ní bheadh aon dul as aige ar an Luan. Dé Luain bheadh an rang ar a slí chuig **STIÚIDEO EAGLA**

12

'Tá an coileach ag fógairt an lae . . .'

Cé bhí ag canadh? D'éirigh Ian aniar sa leaba. Chonaic sé Brenda ag an doras.

'Tá an coileach ag fógairt an lae,' a chan sí arís. 'Ní raibh mé ach ag déanamh cinnte go bhfuil tú i do dhúiseacht,' ar sí, gáire ar a béal. 'Tá a fhios agat cén lá atá ann, nach bhfuil a fhios?'

Dé Luain! Bhí lá na cinniúna tagtha. Tharraing Ian a anáil isteach go domhain. Bhreathnaigh sé ar an gclog. Ceathrú go dtí a hocht. Bheadh an bus ar a mbeadh sé féin agus a chairde ar an mbealach chuig Stiúideo Eagla laistigh de dhá uair an chloig. Níor chodail sé i gceart i rith na hoíche. Codladh agus dúiseacht gach re uair agus breathnú ar sholas na lampaí sráide ag lonrú ar a gheansaí nua agus ar a bhróga. Codladh agus tromluí gur in ospidéal Stiúideo Eagla a bhí sé.

'An bhfuil tú ceart go leor?' a d'fhiafraigh Brenda.

'Tá,' arsa Ian. Dúirt Mam go mbeadh air fanacht sa bhaile Dé Céadaoin de bharr na timpiste. Rud eile, thug Lís cuairt air – rud a chuir iontas ar gach duine. 'Níor thuig mé go raibh tú féin agus Lís chomh mór sin le chéile,' arsa Mam.

'Tá buachaill deas ag Lís.

68

Ina luí, is mór an crá,

A chos chlé bhocht á ghortú,

Ach tagann sí gach lá,' a chan Brenda.

'Éist do bhéal,' arsa Ian.

Bhí Brenda ag scairteadh gáire agus chroch sí suas é. De
ghnáth bheadh Ian in ann léim uirthi agus iallach a chur uirthi
stopadh. Ach, ní raibh sé in ann sin a dhéanamh an t-am seo.
Bhí air fanacht ina luí ansin go ciúin socair. Ar aon nós, ba
chairde é féin agus Lís anois.

Iad féin amháin a thuig cé chomh dainséarach agus a bhí
Stiúideo Eagla. Bheadh orthu a bheith aireach ar mhaithe
leis an Máistir Ó hOibicín agus an rang. Tharraing Ian é féin
amach as an leaba. Bheadh Lís ag bualadh isteach lena
bhailiú ar a bealach chun na scoile chun an bus a fháil.

Ní raibh fágtha ach ceathrú uaire go ham an bhus agus
bhí dea-aoibh ar gach duine.

'Ádh mór, a Iain.' (Daid)

'Déan do dhícheall.' (Mam)

'*Bris cos.* Há há há.' (Brenda) 'OK! Tóg go bog é, a
Mham. Sin mar a ghuíonn tú ádh ar dhuine san amharclann.
Níl mé ag iarraidh go mbrisfeadh sé a chos, dáiríre.'

Cantalach go maith a bhí Brenda le linn do Mham bheith
ag tabhairt amach di agus bhí cogarnaíl éigin ar siúl aici
faoina hanáil.

Bhí Bláithín á cuimilt féin go ciúin i gcoinne chosa Iain
agus ansin bhuail cloigín an dorais agus bhí cloigeann fionn le
feiceáil tríd an ngloine. D'at tocht i scornach Iain. Lís a bhí
ann – bríste dubh agus geansaí póló dubh á gcaitheamh aici. Ní
raibh cead ag aon duine ach ag baill na foirne an éide scoile a
chaitheamh. Bhí a cuid gruaige ina luí thar a cluasa agus
bioráin ag cur ceangail go néata ar a cúl gruaige. Murach an

ghruaig bhuí bheadh sí an-chosúil le Dan Mac Cosgair. Bhí na héadaí mar chuid dá plean le go mbeadh sí in ann fiosrú mórthimpeall Stiúideo Eagla gan aird a tharraingt uirthi féin. Bhí sí ag súil go mbeadh seans aici labhairt le duine anseo agus ansiúd le fáil amach céard a tharla do Dhrannaire.

Bhí an-aiféala ar Ian nach mbeadh sé in ann aon chúnamh a thabhairt di. Bhí sise neirbhíseach chomh maith. Chonaic sé a beola ar crith.

'Ádh mór, mar sin, a ghasúir,' arsa Daid.

Ádh?

Ba leasc le hIan breathnú ar aghaidheanna saonta a thuismitheoirí. Mhothaigh sé méara Líse i dteagmháil lena lámh agus bhuail siad bóthar le chéile gan breathnú siar.

Chonaic siad an bus i bhfad uathu, bus bán. Bhí sé ina stad ag geata na scoile agus póstaer mór **STIÚIDEO EAGLA** san fhuinneog cúil. Nuair a tháinig siad níos cóngaraí dó chuala Ian guthanna ag canadh 'A bhonnáin bhuí, is é mo léan do luí . . .'

IUCH!

Má bhí imní air féin agus ar Lís ní raibh a leithéid ar dhuine ar bith eile. Cé nach raibh an Príomhoide le teacht leo bhí sé ina shuí ar an suíochán tosaigh ag caint leis an tiománaí. Rinne sé bualadh bos nuair a chonaic sé Ian ag teacht. 'Seo é é,' ar sé. 'Ian Mac Suibhne. Ár laoch féin. Cén chaoi a bhfuil an chos, a Iain?'

'Go breá, go raibh maith agat,' arsa Ian.

'Maith thú.' D'ardaigh an Príomhoide a lámh agus sméid an tiománaí air.

Bhí Éamonn tar éis seilbh a ghlacadh ar an suíochán cúil agus bhí spás coinnithe aige ann d'Ian.

'Haigh, a Iain!' a scread Lorna. Bhí sise agus Emma, an

70

cailín eile ar an bhfoireann, ina suí le chéile agus an éide scoile go deas néata orthu. Bhí Éamonn ag caitheamh gheansaí na Gaillimhe, marún agus bán.

Ligeadh gáir mhór: 'An Máistir Ó hOibicín!' le linn don mhúinteoir léim as a charr agus siúl i dtreo an bhus.

'Hé!' a scairt sé agus é ag dreapadh na gcéimeanna. Dhírigh sé a mhéar ar gach ball den fhoireann – Emma, Lorna, Dara agus Ian. 'Tá mé ag brath oraibhse mé a tharrtháil ó Pholl na Tine. Ceart go leor?'

'Ceart go leor,' a scairt Ian.

Ach léim Éamonn ina sheasamh agus thosaigh ag béicíl: 'Poll na Tine, Poll na Tine, Poll na Tine.'

'Poll na Tine. Poll na Tine.' Leath an fhuaim ar fud an bhus gur phlúch sé guth an Phríomhoide nach mór agus é ag guí 'ádh mór' ar gach duine. Ach ba chuma leis. Rinne sé gáire croíúil, d'ardaigh sé a lámh agus síos na céimeanna leis agus aoibh go cluas air. Dúnadh an doras, scaoil an tiománaí an coscán, bhog an bus ón ngeata, mhéadaigh ar luas an innill agus bhí siad ar an mbealach go Stiúideo Eagla.

Chonaic Ian na sráideanna a d'aithin sé ag dul thar bráid. Tar éis dó an baile a fhágáil chas an tiománaí siar ó thuaidh. Bhí Daid tar éis a bheith ag fiosrú anseo agus ansiúd agus dúirt sé go raibh Stiúideo Eagla suite ar shuíomh i seanchairéal sna cnoic.

'Áit ann féin, más fíor,' a dúirt sé. Más fíor do ché?

Chuala Ian fuaim ina chluas – Éamonn ag caint agus a bhéal líonta le ceapaire. Sháigh sé píosa beag faoi shrón Iain.

'An bhfuil tú ag iarraidh píosa?'

'Níl, go raibh maith agat.'

Chuir Éamonn roic ar a shrón agus sháigh ceapaire eile isteach ina bhéal. Bhí boladh úll agus cáise ar fud an bhus.

Bhí gach duine ag ithe amhail is nár bhlais siad bia le seachtain, Dara agus Emma agus Lorna, fiú, gach duine ach amháin Lís agus Ian. Síos an pasáiste le hIan a fhad le Dara.

'Níl tú neirbhíseach?' ar sé i gcogar.

'Níl!' arsa Dara agus iontas air faoin gceist.

'Meas tú, an mbeidh muid in ann go leor pointí a fháil chun an Máistir Ó hOibicín a shábháil ón bpoll?'

Chroith Dara a chloigeann agus rinne gáire nuair a thug sé faoi deara an chuma bhuartha a bhí ar Ian. 'Níl muid ag iarraidh é a shábháil,' ar sé. 'Fuair Pobalscoil an Inbhir dhá phointe speisialta as a múinteoir a chaitheamh isteach sa pholl agus is cinnte go bhfaighimidne na pointí speisialta chomh maith. Mar sin . . .'

'Ach níl sé sin ceart ná cóir!' a d'áitigh Ian.

Rinne Dara gáire.

Chonaic Ian aghaidh shona an Mháistir Uí Oibicín ag casadh agus ag breathnú air ón suíochán tosaigh.

'Ní cóir sin a dhéanamh ar an Máistir!' ar sé.

Ach bhí Éamonn ina sheasamh agus é ag gríosadh na ndaltaí eile. 'Poll na Tine!' a scairt sé. 'Poll na Tine!'

'Poll na Tine! Poll na Tine!' a scread an chuid eile. Bhí an fhuaim ag méadú agus ag méadú agus ag méadú . . .

Agus ansin, go tobann, líonadh gach áit le boladh dó, léim an bus mar a bheadh miúil ann agus d'athraigh na screadanna ina scréacha nuair a chuaigh an póstaer **STIÚIDEO EAGLA** trí thine agus lasracha móra ag leathadh tríd an mbus.

13

D'éirigh an Máistir Ó hOibicín ar an bpointe agus siar an pasáiste leis chun an doras éalaithe a oscailt.

'Coinnígí guaim oraibh féin!' a scread sé. 'Seasaigí, déanaigí líne néata agus bogaigí chuig an doras. An bhfuil sibh ullamh?'

Mhothaigh Ian lámh an Mháistir ar a mhuineál agus an chéad rud eile bhí sé ar an bhféar ar imeall an bhóthair.

'Siar leat chuig an ngeata sin thall, a Iain,' a scread an múinteoir.

Ar bhóthar cúng amuigh faoin tuath a bhí siad. Siar le hIan i dtreo an gheata agus Éamonn lena shála. Bhí na lasracha múchta chomh tobann agus a thosaigh siad, ach d'éirigh deatach dubh bréan a chlúdaigh an bus ó bhun go barr.

'Ó!' arsa Éamonn, agus cantal mór air, 'má chailleann muid ár seans a bheith ar *Lasracha*, beidh an locht ar an diabhal comhlacht bus seo.'

Bhí an tiománaí ina sheasamh sa díog cóngarach don bhus agus fón póca ina lámh aige. Bhí Lís taobh leis.

'Tiocfaidh bus eile go cinnte, nach dtiocfaidh?' arsa Emma go mífhoighneach.

Ní raibh carr ar bith le feiceáil ná foirgneamh ach an oiread, tada ach sraitheanna de chrainn ghiúise ag imeacht as radharc thar bharr na gcnoc. Chuala Ian a chroí ag bualadh mar a bheadh macalla druma ann. D'eitil scata préachán os a chionn agus iad ag grágaíl go feargach.

'A Lís!' a scairt an Máistir Ó hOibicín. 'Gabh i leith anseo. Anois!'

Rith Lís chuige.

'Iuch!' a scread Dara ag cur a láimhe lena shrón. 'Tá boladh lofa deataigh ort. Póg deataigh – drochphóg. Caithfidh tú bean eile a fháil, a Iain.'

Níor thug Ian aird ar bith air. Rug Lís greim ar a lámh agus tharraing sí é chuig cúinne ciúin.

'Tá siad ag cur bus amach chugainn,' ar sí de chogar.

'Cé hiad féin?'

'Stiúideo Eagla. Beidh sé anseo i gcionn cúig nóiméad.'

'Cúig nóiméad!' Níorbh fhéidir é! Bhí Stiúideo Eagla 25 míle uathu, ar a laghad.

'Tharla go raibh bus dá gcuid páirceáilte cúpla míle ón áit seo,' arsa Lís trína cuid fiacla. 'Tharla, mar dhea!'

Chuaigh an tiománaí sall leis an dea-scéal a thabhairt don Mháistir.

'Tá Stiúideo Eagla ag cur bus amach chugaibh,' ar sé. 'Fanfaidh mise anseo go dtí go dtiocfaidh Páidí le bus eile. Leanfaidh mé sibhse ansin. Ádh mór!'

Ádh? Bhreathnaigh Ian ar Lís. Bí cinnte gurbh iad Stiúideo Eagla a rinne an t-iomlán a phleanáil. Cad chuige nár thug duine ar bith eile é sin faoi deara? Ar aon nós, chuala siad inneall ag crónán ar an aer ciúin agus díon dearg geal ag éalú chucu idir an dá chlaí. Tháinig bus Stiúideo Eagla timpeall an choirnéil. Bhí pátrún de na lasracha oráiste air, iad ag bogadh agus ag léim gan stad – pátrún na lasracha, ní lasracha cearta.

'Tá sin iontach!' a scread Éamonn agus rith sé i dtreo an dorais, ach sula raibh seans aige léim isteach, shiúil cailín ard, álainn, síos na céimeanna agus bríste dubh uirthi. Bhí a cuid gruaige chomh dubh le pic agus bhí straidhpeanna tanaí dearga cosúil le féitheanna ag rith tríthi. Bhí *glitter* dearg ag glioscarnach ar a grua.

'Is mise Fíona Ní Chaoin,' ar sí, aoibh an gháire ar a béal. Shín sí a lámh i dtreo an Mháistir Uí Oibicín. 'Mór an trua go raibh oraibh an bus a fhágáil! Nach maith an rud go bhfuil bus ag an stiúideo! Bíonn siad an-áisiúil ag amanna mar seo.'

Mhothaigh Ian dó ar a leiceann agus chonaic sé Fíona Ní Chaoin ag déanamh gáire leis.

'Bhuel, a Iain. Tá áthas orm casadh leat,' ar sí, ag síneadh a láimhe chuige.

Las aghaidh Iain. Cén chaoi ar aithin sí é?

'Chuala mé faoi do thimpiste,' arsa Fíona go milis. 'Cén chaoi a bhfuil an chos anois?'

'Níos fearr . . .'

'Ná bí buartha,' arsa Fíona Ní Chaoin. 'Beidh tú go breá anseo. Bí cúramach gan an iomarca meáchain a chur uirthi.'

Tháinig a lámh anuas mar chasúr ar a ghualainn.

'Tugaimid aire mhaith do gach duine a thagann go Stiúideo Eagla.' Rinne sí gáire éadrom. 'Duine nó ainmhí.'

Drannaire! Bhí sí ag tagairt do Dhrannaire, ach bhí Drannaire marbh. Mhothaigh Ian allas ar chúl a chinn. D'iompaigh Fíona Ní Chaoin le labhairt leis an Máistir Ó hOibicín agus bhog Ian ar aghaidh chuig an mbus.

Bhí Éamonn ina sheasamh ag barr na gcéimeanna agus é

ag caint leis an tiománaí, cailín óg a raibh culaith dhubh uirthi. Ba léir go raibh a cuid gruaige dorcha tráth ach gur cuireadh dath bán inti. Bhí painéal chomh casta is a d'fheicfeá in eitleán os a comhair.

'Hé! Breathnaigh, a Iain,' a scairt Éamonn. 'Breathnaigh. Tá léarscáil leictreonach anseo chun an bealach a thaispeáint. Agus sin gléas leis an teas a smachtú sa bhus. An bhfeiceann tú, má tá tú ag iarraidh teacht 18 céim Celsius sa bhus sa samhradh, nó sa gheimhreadh, féadfaidh tú é a shocrú leis an ngléas seo . . .'

'A Éamoinn!' An Máistir a bhí ag glaoch. 'Suigh síos anois. Gach duine ina shuí.'

Cé go raibh Dara agus a chairde tar éis greim a fháil ar an suíochán cúil, léim Éamonn isteach ar an suíochán taobh leis an tiománaí le go bhféadfadh sé breathnú ar na rudaí iontacha ar an bpainéal, agus tharraing sé Ian ina dhiaidh. Nuair a dhún an doras agus nuair a phreab an t-inneall, lasadh sraitheanna de shoilse ar fud an phainéil.

'*We have lift-off!*' a scread an Máistir Ó hOibicín agus shuigh sé síos go ríméadach sa suíochán taobh thiar den tiománaí, taobh le Fíona Ní Chaoin.

Luigh siad uilig siar sna suíocháin, suíocháin dhearga shómasacha. Mhothaigh Ian éadach éadrom an tsuíocháin timpeall air go teolaí. Agus ní raibh fuaim ar bith ann – ón inneall nó ó aon áit eile – cé go raibh an bus ag gluaiseacht.

Bhain Ian liomóg as a lámh féachaint an ag brionglóidigh a bhí sé. Ní brionglóid a bhí ann. Fálta cearta a bhí sna fálta a bhí ag éalú tharstu. Bhreathnaigh sé i scáthán an tiománaí agus chonaic sé éadan na ngasúr agus codladh gan imní orthu. Bhí Lís féin ina suí taobh thiar de, agus í ag breathnú chomh tuirseach le Bláithín cat tar éis béile breá. Bhí Ian ar tí casadh agus sonc a thabhairt di nuair a mhothaigh sé rud éigin ag breith ar láimh air. Méara Líse! Bhí sí tar éis a méara a bhrú idir an suíochán agus an fhuinneog. Ina dúiseacht a bhí sí tar éis an tsaoil. Chaithfeadh an bheirt acu fanacht ina ndúiseacht, ar an airdeall, ar eagla go dtarlódh rud éigin as bealach i Stiúideo Eagla.

Thug Ian faoi deara go raibh an tiománaí ag faire air sa scáthán. Bhog sé a lámha go deas ciúin agus theagmhaigh sé le barr mhéara Líse. Choinnigh siad greim ar a chéile le linn don bhus a bheith ag sleamhnú ar aghaidh go réidh, go mín, réidh, trí bhóithríní cúnga idir cnocáin ghlasa.

Ansin, go tobann, suite i ngleanntán idir na cnoic, bhí radharc acu ar fhoirgneamh aisteach; foirgneamh geal tréshoilseach cosúil le balún mór millteach le pátrúin de dhathanna ag gluaiseacht taobh istigh de. Agus gach duine faoi dhraíocht, d'imigh na pátrúin as radharc agus léim soilse dearga cosúil le lasracha thar an bhfoirgneamh. Bhí focail le feiceáil sna lasracha:

STIÚIDEO EAGLA

'ÁÁÁÁÁÚÍÍÍÍÍÍÍÍÍÍÍ!' Amach leo as an mbus agus tríd an gclós páirceála chuig an bhfoirgneamh aisteach. Sula raibh seans ag Ian a chairde a leanúint, ghlaoigh an Máistir Ó hOibicín air.

'A Iain, breathnaigh ar na suíocháin agus deimhnigh nach bhfuil siad tar éis aon rud a fhágáil ina ndiaidh. Ceart? Ní gá duitse fanacht, a Lís.' Chroith sé a lámh le Lís a chur ar aghaidh. Mhothaigh Ian barra mhéara Líse i dteagmháil le cúl a láimhe nuair a bhí sí féin agus Fíona Ní Chaoin ag imeacht ón mbus.

Bhí an Máistir Ó hOibicín ina sheasamh ar a bharraicíní ag breathnú ar an raca. Bhreathnaigh Ian faoi na suíocháin agus fuair sé scuab ghruaige agus leathphaicéad Polo Mints. Faoin am a raibh siad críochnaithe bhí gach duine – an tiománaí san áireamh – tar éis imeacht as radharc. Bhí leoithne bheag ghaoithe ag séideadh sa chlós páirceála agus rith an bheirt acu go dtí an áirse mhór a bhí mar dhoras ar an stiúideo.

Agus é ag siúl tríd an doras go dtí an halla mór aduain, chuala Ian clic, agus ar an bpointe thosaigh guth caointeach ag canadh ón mballa os a chionn:

'A bhonnáin bhuí, sé mo léan do luí.'

Agus chuala sé torann géar, gránna ag teacht ina threo ó áit éigin eile i Stiúideo Eagla.

14

Bhí fathach de dhuine agus cóta bán air ag siúl go righin, réidh ina threo agus cathaoir rothaí á brú aige.

'Ó, a Iain, a Iain, is é mo léan do luí.'

Mhéadaigh an guth agus ansin chiúnaigh sé de réir a chéile nuair a stad an chathaoir rothaí os comhair Iain. Sheas an fathach os a chionn agus cuma chineálta ar a aghaidh. Bhí mullach dubh gruaige air agus croiméal fada.

'Feicim gur ghortaigh tú do chos, a Iain,' ar sé, faoi dheireadh, de ghlór domhain.

'Bhí timpiste agam an tseachtain seo caite ach tá an chos i bhfad níos fearr anois, go raibh maith agat.' Níor thaitin an chuma a bhí ar an gcathaoir le hIan. D'iompaigh sé i dtreo an Mháistir. Bheadh seisean in ann a dheimhniú go raibh sé tar éis rith ón mbus, ach bhí an Máistir ar bís. Chuir sé na súile tríd an duine mór.

'An Dochtúir Croí?' ar sé.

Thug sé le fios gurbh ea.

Bhuail casachtach Ian. Ba bheag nár tachtaíodh é. An Dochtúir Croí! Céard a bhí cearr leis an Máistir Ó hOibicín? Nach raibh sé in ann léamh? Níorbh é sin an t-ainm a chonaic Lís in *Foinse*.

Bhí aoibh go cluas ar an múinteoir. 'Is maith liom aithne a chur ort,' ar sé agus chroith sé lámh leis an bhfear. 'Is iontach feiliúnach atá do shloinne.'

Iontach! An DOCHTÚIR CROÍGHEARRADH! Thug an fear céanna a aghaidh ar Ian agus dhruid seisean siar i dtreo an Mháistir.

'Tar anseo, a Iain, a chara,' arsa an fathach de ghlór milis. 'Suigh anseo.' Bhog sé an chathaoir beagán.

'Tá mé ceart go leor . . .'

'Suigh. Caithfimid aire a thabhairt don chos sin. Cuimhnigh ar an trioblóid a thitfeadh ar Stiúideo Eagla dá dtarlódh rud ar bith duit.' D'iompaigh sé a chloigeann i dtreo an Mháistir.

'Sea, suigh síos, a Iain,' ar seisean.

Thug sé sonc beag cairdiúil d'Ian. Shuigh Ian ar an gcathaoir agus i bpreabadh na súl bhí Croíghearradh tar éis slabhra a chur thart air agus glas a chur air. Bhí sé ina phríosúnach!

'A Mháistir!' a scread Ian.

Ach gáire a rinne an Máistir. 'Coinnigh guaim ort féin anois, a Iain,' ar sé. 'Dar fia! Breathnaigh ar an duine sin. Tá an-cháil air.' Chuir sé a lámh ar an gcathaoir agus bhrúigh í trasna an halla ollmhóir idir na scairdeáin chriostail agus na plandaí aisteacha ó thíortha eile. 'Breathnaigh.'

Cé air ba chóir dó breathnú? Bhí leathdhosaen duine faiseanta féinmhuiníneach, daoine cosúil le Fíona Ní Chaoin agus Dan Mac Cosgair, ag siúl tríd an halla. Bhreathnaigh Ian mórthimpeall agus ansin, go tobann, phreab a chroí. Bhí aghaidh ag breathnú air ón mballa. Aghaidh a d'aithin sé.

'Á, feiceann tú é,' arsa guth an Dochtúra taobh thiar de, an Máistir Ó hOibicín á chur ar leataobh aige agus an chathaoir á brú aige féin. 'Cuirimid pictiúr de dhaoine tábhachtacha ar an mballa i gcónaí. Is tusa an duine is tábhachtaí linn inniu agus tá do phictiúr ar an mballa i ngach pasáiste agus ar gach clár fógraí. Aithneoidh gach duine tú.'

Bhí tocht ar Ian. Bhí bioráin bheaga ag priocadh a aghaidhe ar fad. Bhí pictiúr d'Ian féin agus an éide scoile air ar chlár na bhfógraí – pictiúr ón nuachtán áitiúil. Bhí Stiúideo Eagla tar éis focal amháin a scríobh trasna an phictiúir: **GABH**. Ní GABH CHUIG, nó GABH BUÍOCHAS nó aon rud mar sin, ach **GABH**. Bhí Stiúideo Eagla tar éis a gcuid ullmhúchán a dhéanamh dó. Fiú dá mbeadh sé in ann éalú ón gcathaoir, ní bheadh sé in ann cúnamh a thabhairt do Lís. D'aithneofaí é, ba chuma cén áit a raibh sé sa stiúideo, agus ghabhfaí é.

Ba chosúil nár thuig an Máistir Ó hOibicín an chiall a bhain le **GABH**. Lean sé an Dochtúir Croíghearradh trí dhorchlaí Stiúideo Eagla agus é ag cabaireacht agus ag gáire leis go meidhreach.

'Cén áit a bhfuil an chuid eile den rang?' a d'fhiafraigh sé.

'Ag fanacht ort sa Seomra Fáilte,' a d'fhreagair Croíghearradh. 'An bhfuil tú ceart go leor ansin, a Iain, a chara?'

Theann Ian a dhá dhorn. Bhí an ghráin aige ar ghuth an duine seo. Guth aisteora a bhí ann. Guth duine a bhí ag ligean air féin go raibh sé cairdiúil.

'Tá,' ar sé. Choinneodh sé guaim air féin.

Bhrúigh Croíghearradh an chathaoir ar aghaidh – gíog, gíog, gíog – chuig doras a bhí ar oscailt. Ghluais scáileanna glasa ón doras mar a bheadh tonnta na farraige ann. Chonaic Ian na scáileanna ag sníomh thar an múinteoir. Shiúil an Máistir Ó hOibicín ar aghaidh agus isteach sa seomra agus rinneadh staic de. Stad sé chomh tobann sin gur bhuail an chathaoir ina choinne. Seomra mór a bhí ann agus ar an mballa os comhair an dorais bhí fuinneog fhada. Thart ar chúig mhéadar taobh amuigh den fhuinneog bhí carraig fhada ard dhíreach le pátrúin ag bogadh thairsti mar ola ar uisce.

'Seanchoiréal a bhí ann,' arsa Croíghearradh.

'Tharla cuma ghránna a bheith ar an gcarraig, tá muid tar éis pátrúin holagraim a chur uirthi.'

'Dochreidte!' arsa Ó hOibicín.

Dochreidte agus iontach. Thug Ian leathdhúnadh ar a shúile. Bhí an chuid eile den rang, plátaí ina lámha acu, ag boird éagsúla ar a raibh neart bia. Bhreathnaigh sé ar scáileanna na ngasúr san fhuinneog. Ag lorg Líse a bhí sé.

D'aimsigh sé í! Stán sé idir an dá shúil uirthi ar feadh nóiméid. Chonaic sise an chathaoir agus bhí a fhios aige gur scanraigh sin í. Bhí sí trí chéile agus chrom sí thar a pláta, a haghaidh lasta á ceilt aici.

Chuir sí píosa de chíste uachtair ina béal ansin agus d'iompaigh sí le labhairt lena cara Hannah. Maith thú, a Lís. Ní raibh sé i gceist aici aird a tharraingt uirthi féin trína thaispeáint go raibh sí cairdiúil leis.

Ní raibh Ian ag iarraidh aird a tharraingt uirthi ach an oiread. D'iarr sé ar Chroíghearradh é a bhrú trasna chuig bord mar a raibh Fíona Ní Chaoin ag fanacht air agus pláta ceapairí agus cístí ina lámh.

'Seo duit,' arsa Fíona, an pláta á chur ar a ghlúin aici.

'Greim bia don duine uasal seo.'

Bhí cuma bhlasta ar an mbia ach ní raibh dúil ag Ian ann. Seachas Lís, ní raibh aon duine tar éis an chathaoir rothaí a thabhairt faoi deara. Bhí siad uilig faoi dhraíocht ag Stiúideo Eagla.

'Ar aghaidh linn,' arsa guth mall an Dochtúra Croíghearradh. Rug an fear mór ar an bpláta agus chuir sé os comhair Iain é. 'Caithfidh tú ithe.' D'ardaigh sé píosa pizza a raibh cáis agus anann air. Bhí sé ar tí é a bhrú isteach i mbéal Iain nuair a tháinig Éamonn trasna, díreach in am. D'íosfadh Éamonn rud ar bith am ar bith. Rith sé gur ghoid ceapaire bradáin dheataithe ón bpláta agus chaith siar ina bhéal é.

'Hé!' arsa an fathach.

'Níor chóir d'Ian mórán a ithe roimh dhul ar an gclár,' arsa Éamonn go beo bríomhar. Sciob sé píosa den phizza, agus ansin, agus é beagnach ina bhéal, stad sé gur tharraing rud éigin dubh amach as lár na cáise agus an tráta. Rud éigin dubh, fada.

'Uáááá!' a scread sé agus chuir an rud dubh os comhair shúile Iain. 'Cos an damháin alla a chonaic muid ar *An Bonnán Buí*!'

'Cos an damháin alla!' Rith an chuid eile den rang chuige le breathnú. 'Uíííííuch! A Mháistir, tá Éamonn ag ithe damháin alla.'

'Uíííííí!' arsa an Máistir agus rinne gáire.

'Ainseabhaí is ea é,' arsa Fíona Ní Chaoin agus í ag gáire.

'An bhfuil tú cinnte?' arsa Éamonn agus amhras air. 'Cén áit a bhfuil an damhán alla, mar sin?'

'Sea, cén áit a bhfuil an damhán alla?' arsa guthanna eile.

Bhreathnaigh Fíona go ceisteach ar an Dochtúir Croíghearradh. Cheap Ian, ar feadh nóiméid, nach bhfreagródh sí é. Ach ansin, ar sí go spórtúil, 'An bhfuil sibh ag iarraidh é a fheiceáil?'

'Tá!' a scread siad.

'Is í Gráinne Ní Chéastúnaigh a bhíonn ag tabhairt aire dó. Tá sí an-mhór le Slogaire.'

'Slogaire!' arsa Éamonn.

'Sin é ainm an damháin alla.'

'Slogaire!' Rinne Éamonn gáire. 'Slogaire!'

'Gabhaigí i leith go bhfeicfidh sibh an Slogaire seo, mar sin,' arsa Fíona Ní Chaoin agus í ag dul i dtreo an dorais.

Rith gach duine ina diaidh, Lís chun tosaigh orthu. Níor bhreathnaigh sí ar Ian. Rug Ian greim ar rothaí na cathaoireach lena leanacht, ach níor éirigh leis casadh a bhaint astu. Bhreathnaigh sé thar a ghualainn ar an bhfathach.

Ní raibh an fathach ann. Ní raibh duine ná deoraí sa seomra.

Ach bhí sé ag éirí dorcha sa seomra, agus bhí scáileanna dubha ag léim anseo agus ansiúd tríd. Bhreathnaigh Ian i dtreo na fuinneoige agus ba bheag nár scread sé.

Bhí an pátrún ar an gcarraig tar éis athrú. Pátrún de dhamhán alla ollmhór a bhí ann anois agus bhí a chosa ag síneadh amach, is amach, is amach. Shleamhnaigh scáileanna a chos ar fud bhallaí an tseomra. Bhí siad ag fáscadh thart ar Ian, agus ní fhéadfadh Ian bogadh. Dhún sé a shúile. Slogaire! Bhí an damhán alla ar tí é a shlogadh beo beathaíoch.

Ach oiread le Drannaire, ní fhéadfadh sé éalú ó Stiúideo Eagla!

15

Shleamhnaigh rud fada, gruagach thar bhéal Iain agus rug greim daingean air. Shleamhnaigh rud gruagach thar a shúile. Rug Ian air agus scríob sé agus gur tharraing sé é, ach ní raibh sé in ann é a ruaigeadh. Chas sé a chloigeann ó thaobh go taobh agus mhothaigh sé anáil the ina chluas agus chuala clic fiacla. Baineadh fáisceadh mór as.

Ansin, chuala sé glór. 'Coinnigh do shúile dúnta. Ná breathnaigh ar an damhán alla. Níl ann ach pictiúr. Pictiúr chun dallamullóg a chur ort.'

Céard? Cé? Guth fir a bhí ann. Bhí Ian ar bharr creatha agus brat allais air. Lúb sé agus chas sé sa chathaoir.

'Coinnigh do shúile dúnta!'

Rug Ian ar an rud gruagach a bhí ag brú ar a shúile. Géag duine a bhí ann! Bhog an ghéag agus cuireadh eochair isteach ina lámh fhéin.

'Ná bain úsáid as sin mura mbíonn bás nó beatha i gceist.' Ní raibh ann ach siosarnach. 'Cuimhnigh air sin! Agus cuimhnigh – caithfidh tusa an Máistir Ó hOibicín a tharrtháil ó Pholl na Tine. *Caithfidh* tú. Ná lig do dhuine ar bith mearbhall a chur ort agus–'

Go tobann bhí béal Iain saor agus bhí an guth imithe.

'Cén áit a bhfuil tú?' a scread sé.

'Anseo, a Iain,' a d'fhreagair guth an Mháistir Uí Oibicín agus guth Fhíona Ní Chaoin le chéile. Chuala Ian coiscéimeanna agus mhothaigh sé an chathaoir á bogadh. Rug an Máistir ar ghéag a láimhe.

'Ó, tá an-aiféala orm, a Iain. Anois beag a thug mé faoi deara nach raibh tú in éineacht linn. A Iain? A Iain, céard tá cearr? Breathnaigh orm.'

D'oscail sé a shúile beagán. Chonaic sé aghaidh bhuartha an Mháistir, agus aghaidh bhréagbhuartha Fhíona. Ní raibh an damhán alla ann. Ní raibh an damhán alla ann! D'oscail sé a shúile ar fad. Ní raibh damhán alla ann ná an holagram, tada ach lampaí leictreacha agus lonradh liath na carraige.

Bhreathnaigh sé thar a ghualainn go sciobtha. Ní raibh duine ar bith eile sa seomra ach an oiread, é féin, an Máistir agus Fíona Ní Chaoin. An tromluí a bhí air nuair a chuala sé an fear? Ní hea! Bhí an eochair fós ina dhorn. D'fhéadfadh sé éalú ón gcathaoir! Bhuail taghd é, phreab a chroí. Ach ní fhéadfadh.

Chaithfeadh sé fanacht go dtí go mbeadh bás nó beatha i gceist, sin an rud a dúirt an fear. Bás nó beatha!

'An bhfuil tú ceart go leor, a Iain?' arsa an Máistir.

'Tá.' Rinne sé gáire leamh le Fíona Ní Chaoin.

Bhí Fíona ag faire go cúramach air. Cibé cúis a bhí le holagram an damháin alla – scanradh nó mearbhall a chur air – bhí teipthe air, agus níor thuig sí cén fáth.

'B'fhéidir gur chóir dúinn ligean dó siúl,' arsa an Máistir Ó hOibicín. 'Ar eagla go bhfágfaimis inár ndiaidh arís é.'

'Ní féidir,' arsa Fíona go giorraisc. 'Bheadh sé róbhaolach. Bíonn na daoine an-mhaith ag cur milleáin ar an stiúideo má ghortaítear duine ar bith. Ní foláir nó cuireadh glao práinneach ar an dochtúir. Tá brón orm, ach . . .' Bhain sí searradh as a guaillí.

'Tá go maith,' arsa an Máistir go géilliúil. 'Brúfaidh mise an chathaoir anois. Ar aghaidh linn.' Rinne sé gáire le hIan, ach bhí Ian chomh tógtha sin agus súil ghéar á coinneáil aige ar Fhíona Ní Chaoin gurbh ar éigean a thug sé an gáire faoi deara, gan trácht ar é a fhreagairt. Nuair a d'iompaigh Fíona le himeacht as an seomra isteach sa phasáiste, chuir sé an eochair ina phóca.

Stiúraigh an Máistir an chathaoir tríd an doras agus chas sé ar dheis agus ansin ar clé agus ar dheis arís go dtí go raibh guthanna corraithe an ranga le cloisteáil. Rith scata acu amach sa phasáiste agus iad ag béicíl 'Íííííííííí-éé!' agus ag cur strainceanna orthu féin.

'Úíííííííí!' Rith Éamonn a fhad le hIan. 'Tá an damhán alla millteanach mór!' ar sé. 'Tá sé cosúil le pláta mór agus dath dubh air. An bhfuil tú ag iarraidh é a fheiceáil?'

'Níl.' Bhí a dhóthain den damhán alla faighte ag Ian. Bhí sé ag breathnú thart faoi cheilt anois, ag súil go bhfeicfeadh sé Líse. Ní fhaca sé í, ach chonaic sé Hannah ag caochadh súile leis agus thuig sé láithreach céard ba chiall leis sin. Ní foláir nó bhí Lís tar éis glacadh leis an deis le héalú le linn d'Fhíona Ní Chaoin agus don Mháistir a bheith ar a lorg siúd. Bhreathnaigh Ian ar Fhíona. Bhí dóchas aige nach dtabharfadh sí faoi deara go raibh Lís imithe.

Bhuail Fíona a bosa ar a chéile agus d'iarr ar an rang bailiú timpeall uirthi.

'Rachaimid ar shiúlóid bheag timpeall Stiúideo Eagla i dtosach agus ansin tabharfaimid cuairt ar sheit *Lasracha* agus buailfidh sibh le Elen Nic Ifreannaí ansin,' ar sí le gáire agus mhothaigh Ian a leiceann ag dó.

Rug an Máistir ar an gcathaoir.

'Ian chun tosaigh. Gach duine eile go deas néata inár ndiaidh,' a ghlaoigh sé.

Thug Fíona thar stiúideo an chláir *An Bonnán Buí* iad agus ar aghaidh go dtí an seomra smididh mar a raibh siad in ann scata seanbhan a fheiceáil tríd an doras. Bhí na seanmhná ina suí os comhair scátháin, agus spota de dhath dearg ar leiceann gach duine acu, cosúil le fir ghrinn.

'Go n-éirí le Club Seandaoine Ros na Farraige!' a ghlaoigh Fíona amach go cairdiúil. 'Go n-éirí libh ar *Las agus Lagaigh!*'

'Go raibh míle maith agat,' arsa duine de na seanmhná go croíúil.

'Cén chaoi a bhfuil tú, a stóirín?' arsa duine acu le hIan.

Chuala Ian a chuid cairde ag gáire faoi, ach ba chuma leis. Dá mbeadh gach duine ag díriú air féin ní thabharfaí faoi deara go raibh Lís imithe. Ní raibh a fhios aige cén áit a raibh sí.

Chuaigh Fíona Ní Chaoin síos rampa i bpasáiste fada a bhí cosúil le pasáiste ospidéil. Bhí fuinneoga ar thaobh na láimhe deise. Bhreathnaigh an rang trí na fuinneoga. Bhí seomra mór ann ina raibh a lán ríomhairí agus scáileán teilifíse. Bhí clár éagsúil ar gach scáileán agus daoine cromtha orthu. Bhí gach duine acu chomh gnóthach sin nár thug siad na gasúir faoi deara. Ar aghaidh leo go ceann eile an phasáiste áit ar oscail Fíona doras.

'Isteach libh,' ar sí. 'Ian i dtosach!'

Bhreathnaigh Ian ar na focail OIFIG SHLÁNDÁLA ar an doras agus nuair a bhrúigh an Máistir isteach sa seomra beag caoch é, d'fháisc sé a dhoirne go teann. Bhí sraitheanna de scáileáin teilifíse ar an mballa os a chomhair. Bhí pictiúr éagsúil ar gach scáileán. Ní cláir a bhí iontu, ach radhairc ar sheomraí agus ar phasáistí Stiúideo Eagla!

Ní fhéadfadh Lís éalú ó na ceamaraí slándála a bhí i ngach poll agus coirnéal den stiúideo! Cibé áit a raibh sí, d'fheicfeadh an tOifigeach í. Bhreathnaigh Ian mórthimpeall go himníoch agus chonaic sé fear tanaí ag breathnú go magúil air óna shuíochán os comhair na scáileán. Bhí dath an uachtair ar a aghaidh agus bhí dath bán ar a chuid gruaige.

Rinne Fíona gáire. 'Cén chaoi a bhfuil tú, a Alan?' ar sí, 'Seo é Alan Ing, an t-Oifigeach Slándála. Tá sé tábhachtach go gcoinneoimis súil ar gach duine a thagann isteach sa stiúideo. Tá an iomarca innealra againn atá luachmhar agus dainséarach, agus níor mhaith linn go ndéanfaí rud ar bith as bealach, a Iain.'

Mhothaigh Ian creathanna fuachta ar a dhroim. Chonaic sé an tOifigeach Slándála ag casadh i dtreo na scáileán agus ag díriú a shúl ar an tsraith lárnach. Léim súile Iain thar an tsraith. Chonaic sé radharc de Chlub Seandaoine Ros na Farraige sa seomra smididh, pictiúr de mháinlia ainmhithe lena chuid gruaige deirge i stiúideo *An Bonnán Buí*, pictiúr de dhamhán alla mór dubh a raibh bolg chomh mór le hubh air. Bhuail scanradh é. Ach níorbh é an damhán alla a scanraigh é. Bhí cailín na gruaige deirge tar éis a haghaidh a iompú i dtreo an cheamara. Lís a bhí ann. Lís agus folt bréige uirthi! Bhreathnaigh Ian ar Alan Ing.

Bhí an tOifigeach Slándála ag faire air agus gáire magúil ar a bhéal. Bhí a fhios aige go díreach cén áit a raibh Lís. Bhí sí gafa. Ba chosúil le cuileog i líon damháin alla í. Agus ní mhaithfeadh an dream seo a cuid fiosrachta faoi Stiúideo Eagla di!

Bhí beatha Líse i mbaol! Chuir Ian a lámh isteach ina phóca agus rug greim ar an eochair. Chaithfeadh sé éirí ón gcathaoir agus an Máistir Ó hOibicín a thabhairt chuig stiúideo *An Bonnán Buí* chun í a shábháil.

Ach sula raibh seans aige anáil a tharraingt, chuala sé guth. 'Is tusa Ian, nach tú?' Mhothaigh Ian an ghruaig ag éirí ar a chloigeann. B'in é an guth a chuala sé sa seomra fáilte. Alan Ing a bhí ag caint! Ba é Alan Ing an duine a thug an eochair dó. Sheas an t-oifigeach slándála os a chomhair, agus an gáire magúil fós ar a bhéal. 'Tá tú ar fhoireann *Lasracha*, nach bhfuil?' arsa Alan Ing. 'Bhuel, ádh mór.'

'Sea, ádh mór,' arsa Fíona Ní Chaoin. Bhreathnaigh sí ar a huaireadóir. 'Níl ach leathuair an chloig agat. Caithfimid ullmhú anois.'

Mhothaigh Ian brat allais ar a aghaidh. Bhí Fíona Ní Chaoin agus Alan Ing ag gáire faoi. Céard a bhí ar siúl? Ar chara nó namhaid é Alan Ing? Leagadh lámh ar a ghualainn.

'Tá an radharc tar éis mearbhall a chur ort, a Iain,' arsa an t-oifigeach agus é ag magadh faoi.

Mearbhall? Sin an rud a dúirt an guth sa seomra fáilte. 'Ná lig d'aon duine mearbhall a chur ort.'

D'ardaigh Ian a chloigeann. Céard eile a dúirt an guth? 'Caithfidh tú an Máistir Ó hOibicín a tharrtháil ó Pholl na Tine. Caithfidh tú!' Dá n-imeodh sé chun Lís a chuardach anois ní bheadh seans aige an Máistir a tharrtháil ón bpoll. Thug sé sracfhéacaint eile ar Lís agus gruaig dhearg uirthi. Bhí sí tar éis a droim a chasadh leis an gceamara agus níor cheap sé go raibh Fíona Ní Chaoin tar éis í a thabhairt faoi deara. Ní raibh de rogha aige, faoi láthair, ach muinín a chur in Alan Ing.

Chas an Máistir an chathaoir thart agus ní raibh sé in ann an t-oifigeach slándála a fheiceáil níos mó. Bhrúigh an Máistir go sciobtha é go dtí an seomra smididh, seomra a bhí folamh faoin am seo. Chonaic Ian a aghaidh thais féin ag teacht ina threo sa scáthán. Thriomaigh sé a aghaidh agus tháinig cailín chun a chuid gruaige a chíoradh agus púdar a chur ar a leicne agus ar a shrón.

Bhí Dara ina shuí taobh leis. Chaoch Dara a shúil go rúnda leis agus ansin bhreathnaigh sé ar an Máistir agus tharraing a mhéar thar a scornach mar a bheadh scian ann. Bhí an rang ag súil go bhfeicfidís an Máistir ag titim isteach sa pholl. Bhí siad uilig ag tnúth le *Lasracha*. Gach duine seachas Ian.

Fad a bhí an Máistir Ó hOibicín á ullmhú féin, chonaic Ian scáil mhór ag teacht an treo. Sheas an Dochtúir Croíghearradh taobh thiar de agus rug ar an gcathaoir.

'Gach rud i gceart, a Iain?' arsa an dochtúir agus é ag gáire. 'Cuireadh glaoch práinneach orm, ach ná bí buartha, beidh mé ag tabhairt aire duit as seo amach.' Chas sé an chathaoir agus bhrúigh tríd an doras í agus amach sa phasáiste.

Ar an mbealach síos an pasáiste bhreathnaigh Ian i ngan fhios i dtreo na háite ina raibh stiúideo *An Bonnán Buí.* Bhí gach rud ciúin. Bhí súil aige go raibh an rogha ceart déanta aige. Bhí Lís sábháilte agus ba chara é Alan Ing.

Tar éis dóibh dul thar an stiúideo tháinig an rang chuig doras mór. Osclaíodh an doras agus bhí Elen Nic Ifreannaí ina seasamh ansin lena gruaig chopair agus a culaith dhearg aonphíosa.

'Fáilte!' ar sí. 'Fáilte chuig seit *Lasracha*!'

Sheas sí as an mbealach agus rinne na gasúir i mullach a chéile ar an doras.

Gnáthsheomra a bhí ann, gan rud ar bith ag baint leis a chuirfeadh imní ar dhuine. Bhí sé cosúil le hamharclann bheag, le ballaí bána glana, sraitheanna de chathaoireacha liatha agus ardán le deasc fhada agus trí cinn de chathaoireacha. Murach an charraig dhubh cóngarach don deasc, ní cheapfadh aon duine gurbh é seo an seit.

'Cén áit a bhfuil Poll na Tine?' a d'fhiafraigh Dara.

Dhírigh Elen a aird ar chiorcal dubh san urlár os comhair an ardáin.

'Óóóóóó,' arsa gach duine, ach bhí díomá orthu. Bhí cuma chomh neamhurchóideach ar an bpoll agus a bhí ar an seomra.

Rinne Elen gáire.

'Fan anseo nóiméad, a Iain,' ar sí, agus threoraigh sí an lucht féachana chuig a gcuid suíochán. Ansin threoraigh sí an Máistir Ó hOibicín síos na céimeanna go Poll na Tine. Dhreap Lorna, Emma agus Dara suas ar an ardán agus ghlac a n-áiteanna ag an deasc fhada. Rug Ian greim ar ursain an dorais ar eagla go sciobfadh an Dochtúir Croíghearradh chun siúil é nuair nach mbeadh an chuid eile ag breathnú. Ach níor bhog an fathach. Nuair a bhí gach duine ina áit féin, bhrúigh Elen Nic Ifreannaí ar lasc agus rinneadh rampa as na céimeanna. Bhrúigh Croíghearradh an chathaoir suas an rampa chomh sciobtha sin gur iompaigh a ghoile. Bhí meadhrán air faoin am ar shroich sé an t-ardán. D'fhág Croíghearradh an chathaoir taobh le hEmma agus í casta i dtreo an lucht féachana.

Chonaic Ian aghaidh an Mháistir Uí Oibicín ar snámh go doiléir os a chomhair. Rug sé greim daingean ar an deasc. Bhí Stiúideo Eagla ag déanamh a dhíchill mearbhall a chur air, ach ní éireodh leo.

'Ó-ó-ó-ó!' a ghlaoigh an Máistir agus cuma na heagla á cur aige féin air. Dhírigh sé a n-aird ar Pholl na Tine.

Sábhálfaidh mise an Máistir ón bPoll, arsa Ian leis féin. Sábhálfaidh mise an Máistir Ó hOibicín!

Bhí Gearóidín Ní Phianaí ag siúl síos na céimeanna. Tháinig an léiritheoir aníos chuig an ardán agus d'ardaigh sí a lámha.

'Cuirim fáilte roimh Phobalscoil an Droichid!' ar sí. 'An bhfuil sibh sona sásta?'

'Tá,' a d'fhreagair siad.

'Céard?' Chuir Gearóidín a lámh lena cluas.

'TÁ!'

'An-mhaith. Bígí ag screadach agus ag déanamh neart gleo le taispeáint go bhfuil an chraic go maith, ceart go leor?'

Dhírigh dhá cheamara ar an ardán agus bhog Gráinne Ní Chéastúnaigh as an mbealach.

'Beidh cleachtadh beag againn sula dtosóidh na ceisteanna i gceart', arsa Elen Nic Ifreannaí. 'Cuimhnígí go mbeidh mé ag cur na gceisteanna go measartha sciobtha. Aon seans amháin a bheidh agaibh ceist a fhreagairt. Ceart?'

D'ardaigh an Máistir Ó hOibicín a ordóg agus chaoch súil ar an bhfoireann.

'Tá go maith. Ar aghaidh linn,' arsa Elen gan mhoill. 'Céard í príomhchathair na Fraince?

'Páras,' arsa Ian ar an toirt.

'Cén cineál ruda é an *Titanic*?'

'Long,' arsa Ian arís.

'Cén líon imreoirí a bhíonn ar fhoireann sacair?'

'A . . . Aon duine dhéag.'

Bhí an chuid eile tar éis dúiseacht agus thug siad an freagra d'aon ghuth.

'Céard iad na focail a bhíodh ar an seanbhonn airgid sé pingine?'

'Éire . . . Réal.' (Ian agus Lorna le chéile.)

'Céard é an sliabh is airde in Éirinn?'

'Corrán Tuathail,' arsa gach duine.

'Réééééééé!' a scread an lucht féachana agus lonraigh fiacla Elen Nic Ifreannaí. Dhírigh ceann de na ceamaraí ar Ian.

'Cén madra mór atá cosúil le mac tíre?'

D'oscail Ian a bhéal ach, go tobann, rinneadh balbhán de. Ní ceamara a bhí ag teacht cóngarach dó ach scáileán teilifíse. Bhí pictiúr d'Alsáiseach mór ag léim i dtreo Líse – agus an folt bréige dearg uirthi!

Tháinig splancanna ar an scáileán ar feadh nóiméid nó gur tháinig an lógó: **STIÚIDEO EAGLA**

17

Bhí a fhios ag Stiúideo Eagla cén áit a raibh Lís. Bhí a fhios acu faoin bhfolt bréige dearg. Bhí dallamullóg curtha acu air. Agus anois bhí sé ródhéanach. Eochair nó gan eochair, ní fhéadfadh sé éalú ón seomra. Bhí na ceamaraí ag faire air agus an doras mór dúnta.

D'éirigh an seomra dorcha agus le fuaim mhillteanach léim lasracha dearga agus cith spréacha ón bpoll dubh san urlár. Chonaic Ian aghaidheanna bána an Mháistir agus an lucht féachana tríd an scamall dearg.

'Lasracha!' arsa guth domhain. 'Lasracha.'

'Tá foireann Phobalscoil an Droichid linn inniu,' arsa Elen ar an bpointe.

'Húráááááá!' mór ón urlár.

'Seo iad – Ian, Emma, Dara agus Lorna. As seo go ceann deich nóiméad caithfidh an fhoireann 50 ceist a fhreagairt i gceart. 50 ceist i gceart le €5000 a shaothrú don scoil.'

'Húráááááá!

Chroith an Máistir Ó hOibicín a lámha chucu ó lár na lasracha.

'50 ceist i gceart. Céard a cheapann sibh, a mhuintir an Droichid? An éireoidh libh? Éireoidh, cinnte. Cinnte.' Bhí fiacla Elen Nic Ifreannaí ag lonrú. 'Feicfidh sibh clog ar an scáileán ar thaobh na láimhe clé. Ar thaobh na láimhe deise feicfidh sibh an scór. Tá súil againn go mbeidh an scór tar éis 50 a shroichint sula sroichfidh an clog 10. Níl nóiméad le spáráil. Ar aghaidh linn. An bhfuil sibh ullamh, a Phobalscoil an Droichid? Cén cineál ainmhithe a dhíbir Naomh Pádraig as Éirinn?'

Bhí Elen Nic Ifreannaí tar éis an cheist a chur sular thuig an fhoireann go raibh an ceistiúchán ar siúl i ndáiríre. Níor fhreagair duine ar bith.

'Nathracha nimhe,' arsa Elen Nic Ifreannaí. 'Cuimhnígí go gcaithfidh sibh an cheist a fhreagairt ar an bpointe. Aon seans amháin a bhíonn agaibh. Céard í príomhchathair na hÉireann?'

D'oscail Ian a bhéal ach theip air focal ar bith a rá. Bhí fuaim cosúil le toirneach ina chluasa agus bhí an seomra ag casadh thart os comhair a dhá shúl.

'Baile Átha Cliath,' arsa Elen Nic Ifreannaí. 'Cén tír ina bhfaighfeá cangarú . . .?'

'S . . . san Astráil.' Faoi dheireadh . . . Lorna a thug an freagra. Chuala Ian a guth ag teacht ó áit éigin i bhfad i gcéin.

'Ceart. Tús maith leath na hoibre,' arsa Elen Nic Ifreannaí. 'Céard faoi a raibh clú ar Mhozart?'

'Ceo . . .' Rinne Ian iarracht an focal a fhuaimniú.

'Ceo, a dúirt tú, a Iain?' arsa Elen. 'An bhfuil tú caillte sa cheo? Ní ceo, ach ceol.

Caillte sa cheo. Sháigh Ian a ingne ina ghlúine mar a dhéanadh Bláithín. Bheadh air a aird a dhíriú uirthi ar mhaithe leis an Máistir. Chaithfeadh sé an Máistir a shábháil.

'Cén tír ina raibh an peseta mar aonad airgid acu roimh theacht an euro?'

'An Spáinn!' Chaith sé an freagra ar ais chuig Elen Nic Ifreannaí.

Chuala sé macalla de ghuthanna Emma agus Dhara ag freagairt chomh maith.

'Céard é an sliabhraon ina bhfuil sliabh Everest?'

'Na Himiléithe.'

'Cén t-ainm a bhí ar an dealbh i Sráid Uí Chonaill a . . .'

'Nelson.'

'Úááá!' Freagra gan an cheist ar fad a chloisteáil!

Bhí imní le feiceáil i súile Elen Nic Ifreannaí. Bhí sí ag iarraidh foireann an Droichid a mhoilliú, ach ní fhéadfadh sí a bheith rófhadálach nó bheadh an cleas soiléir do chách. 'Cé a scríobh *M'Asal Beag Dubh*?'

'Pádraig Ó Conaire!' arsa Lorna. Bhí Lorna ar a suaimhneas anois. Bhí sí ag cromadh chun tosaigh agus faghairt ina súile.

Bhí foireann an Droichid tar éis dúiseacht as an tús lag a bhí déanta acu. Bhí gach duine ag freagairt ar a dhícheall agus fiú má bhí an corrfhreagra mícheart, bhí an scór ag méadú. Bhí scór de 31 ag preabadh ar an scáileán os cionn Elen Nic Ifreannaí agus bhí cúig nóiméad fágtha.

Is ar Elen Nic Ifreannaí a bhí an imní ar fad anois. Bhí an crith ina guth soiléir d'Ian. Shín sí a lámh amach agus thóg liosta eile ceisteanna ón gcarn.

'Cén bhliain ar aimsigh Columbus Meiriceá?'

A! Tharraing Ian a anáil. Bhí na ceisteanna seo níos deacra.

'1490.'

'Mícheart!' arsa Elen Nic Ifreannaí trína cuid fiacla.

'Cén tÉireannach a d'aimsigh Meiriceá roimh Columbus?'

'Naomh Breandán,' arsa Dara.

'Cén tír ina bhfuil Timbuctú?'

Ciúnas.

'Mailí,' arsa Elen.

'Ceist eile! Ceist eile!' a scread Lorna mar bhí Elen ag moilliú.

'Cérbh é an chéad Uachtarán ar Mheiriceá?'

'George Washington.'

'Cé hé Naomhphátrún na hAlban?'

'A . . . A . . .' Bhí lámha Emma á gcroitheadh san aer aici. Ní thiocfadh an t-ainm.

'Aindriú,' arsa Elen.

'Céard é an t-eas is airde ar domhan?'

Freagra ar bith.

'Eas an Aingil in Venezuela,' arsa Elen.

'Cé hé Príomh-Aire na Fraince?'

'Ceist eile!' a scread Dara.

Bhí an scór ag ardú go huafásach mall anois, agus bhí súile na foirne uile sáite i súile Elen Nic Ifreannaí. Go tobann taispeánadh lámh dhearg ar an mballa os a cionn.

'Nóiméad amháin fágtha!'

Aon nóiméad amháin. Trí scór soicind. Thosaigh an lámh dhearg ag cuntas na soicindí ceann ar cheann. Nóiméad amháin fágtha agus gan ach 47 mar scór acu. Mhothaigh Ian faoi mar a bheadh sé tar éis maratón a rith. Bhí a anáil caillte aige. Bhí pian ina chliabhrach. Agus bhí na ceisteanna an-deacair!

'Cén bhliain a ndearnadh an chéad teileafón?'

'Ceist eile!' a scread sé.

'1876. Cárbh as Michael Collins?'

Freagra ar bith. Bhí an lámh dhearg ag titim i gcónaí.

'Contae Chorcaí.'

'Cén dath atá ar rúibín?'

'Dearg!' a scread Ian.

Ceist éasca a bhí ansin. Bhreathnaigh Ian ar an gcuid eile den fhoireann. Cad chuige nach raibh siad ag freagairt? Cad chuige? An raibh siad ag iarraidh go gcaithfí an Máistir isteach i bPoll na Tine? Bhí gáire ar bhéal gach duine acu. Thosaigh an lucht féachana ag cuntas os ard. 'DEICH . . .' Ní raibh fágtha ach deich soicind! 'A NAOI . . . A hOCHT . . .'

'Cén bia a thaitníonn leis an bpanda?'

'Bambú!' a scread Ian.

A CÚIG . . . A CEATH . . .'

'Cén áit a mbíodh Ardrí na hÉireann ina chónaí?'

Chuala Ian Emma ag caint go stadach taobh leis, a béal ar oscailt. 'Cais . . .'

Bhris sé isteach uirthi. 'Teamhair!' a scread sé.

'A Dó . . . A hAon.'

Ar feadh nóiméid níor athraigh an scór ach ansin – BÚÚÚÚÚÚÚÚM! Lonraigh 50 ar an scáileán nuair a cloiseadh fuaim mhór mar a bheadh toirneach ann. Bhí an comórtas thart.

D'éirigh leo! D'ardaigh Ian a lámh. Bhreathnaigh sé ar an Máistir Ó hOibicín. D'éirigh an Máistir óna shuíochán taobh le Poll na Tine agus shiúil sé aníos. Bhí sé sábháilte! D'ardaigh Ian a ordóg chuige, ach níor thug an Máistir aon aird air. Bhí Elen Nic Ifreannaí ag caint. Bhí sí ag breathnú ar Ian.

'Íééééééééééé!' Lig an rang gáir mholta.

'Ba thrua díomá a chur ar Pholl na Tine, agus ar na daoine atá ag breathnú sa bhaile, nár thrua?' arsa Elen ina guth cairdiúil.

'Ba thrua!' a gháir an rang ó lár na scáileanna dearga a
bhí le feiceáil tríd an stiúideo. 'Ba thrua!' a scread Dara,
Emma agus Lorna. Bhí míshuaimhneas ag teacht ar Ian.

'Bhuel, a Iain. Tá an rang do d'ainmniú . . .'

'Céard?'

'Do d'ainmniú le cur síos i bPoll na Tine.'

'NÍL SIAD!'

Shín Ian a lámh le greim a fháil ar chathaoir Emma ach
bhí sé ródhéanach! Bhrúigh Elen Nic Ifreannaí cnaipe. Bhí
an t-urlár ag sleamhnú i dtreo Pholl na Tine. Chuala Ian gáir
mhór ina chluasa. Chuala sé cnag – bhí a shlabhra oscailte!
Caitheadh é ón gcathaoir isteach i lár na lasracha agus síos
leis ar mhullach a chinn, síos i bpoll duibheagáin Stiúideo
Eagla.

Bhí gaoth mhór ag réabadh go fíochmhar ina chluasa agus é á shlogadh síos tríd an bpíobán. Bhí spréacha mar a bheadh cuileoga ina thimpeall. Níor tharraing sé anáil ar feadh nóiméid agus ansin, go tobann, thit sé ar rud éigin bog, agus ansin dhún an rud sin timpeall air. D'oscail sé a bhéal, ach sula raibh seans aige anáil a tharraingt, rith ainmhí fiáin dearg tríd an scamall ina threo – ainmhí fiáin dearg le súile geala bána ina chloigeann!

Thug Ian buille dó le hiomlán a nirt sula raibh seans ag an ainmhí greim a fháil air. Thit an t-ainmhí agus lig scread:

'A Iain!'

Shéid braillíní dearga timpeall ar Ian. Agus é ag iarraidh é féin a shaoradh uathu, thit léas solais ar aghaidh an ainmhí. Lís a bhí ann! Lís ina luí ar charn mór dearg spúinse ag bun Pholl na Tine!

'A Lís!'

'Éist!' arsa Lís i gcogar. Rug sé greim uirthi agus d'ardaigh í.

'Cheap mé . . .' Fuair Ian a anáil ar ais. Ní raibh am aige a mhíniú gur cheap sé gur ainmhí fiáin a bhí inti nuair a chonaic sé í trí na braillíní. 'Céard tá á dhéanamh agat anseo?'

'Ag fanacht leis an Máistir Ó hOibicín a shábháil,' arsa Lís. 'Cheap mé gur eisean a bheadh ag titim isteach i bPoll na Tine. Is cuma. Déanfaidh tusa cúis. Fág seo.' Bhrúigh sí é. 'Caithfimid éalú. Go sciobtha!'

Rinne Ian a bhealach trí na braillíní a raibh sé i bhfostú iontu. Bhí doras ann chuig an bpasáiste ar an taobh eile díobh. D'oscail Ian an doras beagán agus d'fhéach sé amach. Mhothaigh sé séideán fuar ar an allas ar a chorp.

'Tá bus na seandaoine páirceáilte amuigh ansin,' arsa Lís i gcogar. 'Dá bhféadfaimis éalú agus imeacht leo . . .' Stad sí. Thíos ag ceann eile an phasáiste bhí doras ar a raibh na focail 'Doras Éalaithe' scríofa. Ach idir iad agus an doras sin bhí pasáiste eile ag teacht ón taobh clé agus bhí coiscéimeanna le cloisteáil ón bpasáiste sin anois.

Rug Lís ar láimh Iain go tobann agus tharraing ar ais trí na braillíní dearga é. Shuigh an bheirt acu ar a ngogaide ar an spúinse faoi bhéal Pholl na Tine a bhí ar an mballa os a gcionn.

'Ní féidir linn fanacht anseo!' arsa Ian. 'Táimid ar nós luchóga i ngaiste. Caithfimid rith chuig an doras éalaithe!'

'Ach tá duine éigin taobh amuigh ansin!' arsa Lís os íseal. Baineadh croitheadh as an doras ag an nóiméad sin.

Bhreathnaigh Ian isteach i mbéal Pholl na Tine. Bhí na lasracha múchta agus bhí an píobán chomh dubh le pic. Ní raibh ach an t-aon bhealach amháin éalaithe ann. 'Caithfimid dreapadh ar ais chuig an Máistir.'

D'aontaigh Lís leis agus léim sí isteach sa phíobán ar an bpointe. Lean Ian í agus eagla a chraicinn air. Suas leis an mbeirt acu ar a gcromada go dtí go raibh na braillíní dearga fágtha ina ndiaidh. Bhí brat allais ar a lámha agus ar a nglúine agus iad ag iarraidh greim a choinneáil ar thaobh

102

sleamhain crua an phíobáin. Chuala Ian anáil throm Líse os a chionn agus d'éist sé go cúramach ar eagla go mbeadh rud éigin á leanúint, an madra Alsáiseach a chonaic sé ar an scáileán, mar shampla.

Go tobann chuala sé cnag agus mhothaigh sé Lís ag luascadh. Bhí sí ag brú ar rud éigin agus ag iarraidh í féin a choinneáil thuas ag an am céanna trí bheith ina luí lena glúine agus a guaillí brúite i gcoinne an phíobáin.

'Tá mé tar éis mo chloigeann a bhualadh ar an mbarr!' arsa Lís agus í corraithe go maith. 'Tá mé ag an mbarr ach . . .'

D'éist Ian le fuaim a méar ag sleamhnú thar an gclúdach. Murlán le barr Pholl na Tine a oscailt a bhí á lorg aici. Ní raibh ceann ar bith ann.

'Brúigh!' arsa Ian.

Theann Ian a fhiacla le chéile nuair a bhuail cosa Líse go trom ar a bholg. D'fháisc sé a chosa agus a dhroim i gcoinne bhalla an phíobáin. Ba ghá ise a choinneáil thuas fiú dá dtitfeadh sé féin síos. Dhún sé a shúile agus d'fháisc sé agus d'fháisc arís go dtí gur mhothaigh sé an meáchan ag laghdú. Tháinig solas bán anuas an píobán agus lonraigh sé ar ghruaig Líse agus í ag dreapadh trasna imeall an phoill agus ag imeacht as radharc.

Nuair a rinne sé iarracht í a leanacht, theip air bogadh. Bhí sé greamaithe sa phíobán. Ach ansin, síneadh lámh láidir anuas chuige, rugadh greim air agus tarraingíodh aníos é ó Pholl na Tine mar a bheadh corc as buidéal.

'Íúúú!' arsa Ian. 'Tá . . .'

Ghreamaigh an focal ina scornach. Chonaic sé Lís, agus í chomh bán le sneachta, ar sheit *Lasracha*.

Ina seasamh ina líne taobh thiar di, agus gáire magúil ar

a n-aghaidheanna, bhí Gráinne Ní Chéastúnaigh, Fíona Ní Chaoin, Elen Nic Ifreannaí, Dan Mac Cosgair agus Gearóidín Ní Phianaí.

Agus thuas ar an mballa os a gcionn bhí na focail ag lasadh agus ag múchadh:

BÁS nó BEATHA

Léiriú de chuid

STIÚIDEO EAGLA

Bhí comhad dearg ag Dan Mac Cosgair. Shiúil sé anall chucu.

'A Lís agus a Iain,' ar sé de ghuth ard, 'beidh sibhse ar an gclár *Bás nó Beatha* anocht.'

'Céard?' arsa Ian de scread. Bhreathnaigh sé mórthimpeall. Ní raibh duine ar bith ón scoil ann, ná duine ar bith eile seachas an Dochtúir Croíghearradh a bhí ina sheasamh mar a bheadh garda taobh leis.

'Éirígí as an tseafóid seo!' arsa Lís go feargach. 'Cá bhfuil an Máistir Ó hOibicín?'

'Ar a bhealach abhaile,' arsa Dan go ciúin. 'É féin agus bhur gcairde. Ach, ar ndóigh, feicfidh siad sibh ar an gclár *Bás nó Beatha.*'

'Ní bheidh muidne ar an gclár sin ná ar chlár ar bith eile!' arsa Ian.

'Níl aon rogha agaibh.'

'Tá!' arsa Lís. 'Ní féidir libh iallach a chur orainn labhairt nó rud ar bith eile a dhéanamh.'

'Ní gá daoibh labhairt,' arsa Dan. 'Sibhse ábhar an chláir. Is sibhse an "Bás" in *Bás nó Beatha.* Tá neart le rá againne fúibhse. Bíonn sibh ag milleadh rudaí ar dhaoine eile. Bíonn gach duine eile an-sásta suí síos agus taitneamh a bhaint as an teilifís . . . sos a ghlacadh tar éis na hoibre . . .'

'Taitneamh!' a scread Lís. 'Tá sibh tar éis Drannaire a sciobadh agus é a mharú. Tá fianaise agam! Tá sibh tar éis óinseach a dhéanamh de Martina Wilson os comhair an tsaoil agus seanbhean a dhéanamh d'Iníon Ní Phrontaí . . .'

'Agus chuir muid siamsaíocht ar fáil do na mílte duine.'

Rinne Dan gáire.

Bhí foireann uile Stiúideo Eagla ag gáire.

'Bíonn na mílte ag breathnú ar ár gcuid clár. Agus tráthnóna inniu beidh siad ag breathnú ar *Bás nó Beatha*, ag breathnú ar bhur n-aghaidheanna searbha, agus ag deireadh an chláir beidh siad ag vótáil. Ag vótáil chun sibh a choinneáil nó fáil réidh libh. Bás nó Beatha!'

Bás! Fáil réidh leis féin agus le Lís!

'Ní féidir libh!' a scread Ian. 'Beidh ár gcairde agus ár dteaghlaigh ag breathnú agus . . .'

'Bhuel, beidh deis acu sin vótáil chomh maith.'

Rinne Dan Mac Cosgair gáire searbhasach agus chuimhnigh Ian ar an mbealach a ndeachaigh Daid agus Brenda as a meabhair tar éis dóibh a bheith ag breathnú ar *Lasracha*. Céard a tharlódh dá mbeidís as a meabhair anois agus vótáil ar siúl le fáil réidh leis féin agus le Lís? Fáil réidh leo ar an mbealach céanna a bhfuarthas réidh le Drannaire!

'An dtuigeann sibh anois?' arsa Dan. 'Is féidir linn ár rogha rud a dhéanamh. Ceart?' Rinne sé comhartha lena mhéara agus thosaigh lasracha dearga ag preabadh láithreach. Ach an t-am seo, murab ionann agus *Lasracha*, bhí scáileanna de bharraí iarainn ar bhallaí na seite. Barraí mar a bheadh i bpríosún. Shiúil Dan Mac Cosgair chuig an ardán agus dhá cheamara á leanúint.

Bhí na cathaoireacha agus an charraig a bhain le *Lasracha* imithe. Bhí cathaoir, cosúil le ríchathaoir, agus cás mór a bhí déanta de bharraí iarainn taobh leis, ina seasamh ar an ardán.

D'iompaigh Ian i dtreo an ardáin, ach rug Croíghearradh air féin agus ar Lís agus bhrúigh sé iad, dá n-ainneoin féin, isteach sa chás, áit a raibh bolgán amháin lasta. Múchadh gach solas seachas an solas sin. Bhí aghaidheanna Fhíona Ní Chaoin, Elen Ní Ifreannaí, Ghearóidín Ní Phianaí agus Ghráinne Ní Chéastúnaigh le feiceáil ag lonrú tríd an dorchadas. Ba iad siúd an t-aon lucht féachana a bhí ann, ach líonadh an seomra le fuaimeanna ionas go gceapfá go raibh na céadta ina suí ann, agus gach duine acu ag screadach agus ag tabhairt gach masla ba ghránna ná a chéile ar Lís agus ar Ian.

'BÚÚÚÚÚÚÚÚÚ!'

Bhí Ian ar maos san allas. Bhí Mam agus Daid agus Brenda sa bhaile agus iad ag éisteacht leis an ngleo. Seans go raibh siad sin ag screadach chomh maith.

'BÚÚÚÚÚ!'

Ach sula raibh seans ag Dan focal a rá, d'iompaigh Lís i dtreo an cheamara agus í corraithe go mór. Thosaigh sí ag béicíl os ard a cinn:

'Is iad foireann Stiúideo Eagla an Bás, ní Ian agus mise! An cuimhin libh Drannaire an madra? An cuimhin libh máinlia na gruaige rua? Ní máinlia a bhí inti ach Gráinne Ní Chéastúnaigh í féin agus folt bréige uirthi. Chonaic mé an folt bréige mé féin ar ball. Ba í Gráinne Ní Chéastúnaigh an máinlia. Céard é an bhrí atá le "céastúnach"? Duine a chéasann daoine nó ainmhithe. Agus cuimhnigh ar ainmneacha a bhí i gcuid eile de na cláracha. EAScara!

Dochtúir Croí*ghearradh*! Smaoinigh ar an ainm Ifreannaí – ainm a léiríonn Ifreann féin.

Agus céard faoi: *Piana*í, *Cosga*r, *Caoin* agus *Eagla*? Ainmneacha iad a mbíonn rudaí míthaitneamhacha agus pian ag baint leo. TÁ GNÍOMHARTHA UAFÁIS AR BUN AG STIÚIDEO EAGLA! DOCHAR A DHÉANAMH DÚINNE, AN LUCHT FÉACHANA, A CHUSPÓIR!'

Bhí Lís ag screadach in ard a cinn is a gutha faoi seo, ach bhí an gleo ón lucht féachana, nach raibh le feiceáil thíos sa dorchadas, ag éirí níos tréine agus níos tréine. Ní raibh aon duine, seachas foireann Stiúideo Eagla, in ann Lís a chloisteáil.

'DHÚNMHARAIGH STIÚIDEO EAGLA DRANNAIRE,' a scread Ian. 'GHORTAIGH SIAD É AR MHAITHE LE PLÉISIÚR – SMAOINÍGÍ AIR SIN SULA VÓTÁLANN SIBH!'

Chiúnaigh gleo an lucht féachana. 'Sea, smaoinígí sula vótálann sibh,' arsa guth soiléir Mhic Cosgair. 'Smaoinigí ar aghaidheanna searbha na beirte seo. Cén sórt daoine iad seo? Sibhse, gasúir agus múinteoirí Phobalscoil an Droichid, cén cineál duine í Lís Nic Aoidh? Duine í a bhíonn i gcónaí ag tarraingt trioblóide faoi rud amháin nó faoi rud eile, sin a deir éinín beag liomsa. Agus céard faoi Ian Mac Suibhne? Tá na mílte agus na mílte díbhse tar éis breathnú ar an gclár iontach sin, *An Bonnán Buí*. Tá na mílte tar éis breathnú air agus níor ghlaoigh ach aon duine amháin le clamhsán a dhéanamh. Agus cé bhí ann ach Ian Mac Suibhne?'

'BÚÚÚÚÚÚÚÚÚÚ!'

'Daoine cúngaigeanta nach bhfeiceann tada ach an t-olc. Daoine mioscaiseacha a mhilleann spraoi daoine eile. An bhfuil muid ag iarraidh daoine mar sin inár measc?'

'NÍÍÍÍÍÍÍÍÍÍÍÍÍL!'

'Céard a dhéanfaimid leo? Agaibhse, an lucht féachana, atá an rogha. Bás nó Beatha dóibh? Ar mhaith libh fáil réidh leo go brách? Ar mhaith nó nár mhaith?' Bhreathnaigh Mac Cosgair ar a uaireadóir. 'Beidh an cheist seo le feiceáil ar bhur scáileáin i gcionn ceithre nóiméad.'

AR MHAITH LIBH FÁIL RÉIDH LE hIAN AGUS LE LÍS? Faoin gceist sin beidh dhá fhreagra: BA MHAITH, i litreacha dearga agus NÍOR MHAITH i litreacha glasa. Roghnaígí bhur bhfreagra agus brúigí bhur méara air. Cén dath a mbeidh an bua aige? Féachaigí ar an gclaíomh!'

Bhí claíomh ollmhór crochta ar an mballa os cionn Dan Mhic Chosgair.

'Is é bhur roghasa é! Vótálaigí ANOIS!'

'ÁÁÁÁÁÁÁÁÁÁÁ!' Líonadh an seomra le gleo mar a bheadh tairní móra millteacha ag scríobadh ar mhiotal ann. Taispeánadh an claíomh agus dath níos gile air ná mar a bhí roimhe sin – ar feadh nóiméid amháin – agus ansin shil an dath tríd, agus as, faoi mar a bheadh taoide tar éis casadh.

'Dearg!' a scread Dan Mac Cosgair. 'Dearg!' Tá an lucht féachana tar éis vótáil. Agus, mar sin, níl de rogha againn ach . . .' D'ardaigh sé a dhorn agus thaispeáin sé a chuid fiacla mar a dhéanfadh madra mire, '. . . ach BÁS!'

Bhuail sé a dhorn ar chnap a bhí ar uillinn na cathaoireach agus, ar an bpointe, múchadh gach solas. Cloiseadh pléascanna agus rudaí á stróiceadh agus screadanna uafásacha.

Chaith Ian é féin i gcoinne dhoras an cháis, ach bhí an doras faoi ghlas.

20

Bhí an cás ag casadh thart agus é á bhascadh mar a bheadh bád i lár stoirme.

'Cabhair!' a scread Lís, ach bádh a guth sa ghleo mórthimpeall. 'Lig scread, a Iain!' Cé air a nglaofaidís? Ní raibh duine ar bith ann le hiad a chloisteáil.

Ach nuair a chonaic Ian na focail BÁS NÓ BEATHA! ar lasadh agus iad ag preabadh tríd an dorchadas dubh glórach, chuimhnigh sé ar an eochair. Chuimhnigh sé ar ghuth Alain Ing ina chluas. 'A Lís,' ar sé. 'A Lís! Aimsigh poll na heochrach!'

Fad a bhí sé ag lorg na heochrach ina phóca bhí Lís ag rith timpeall agus barraí an cháis á gcroitheadh aici.

'Anseo!' a scread sí agus greim aici ar lámh Iain.

A luaithe a shleamhnaigh an eochair isteach sa ghlas, chas an cás ar a thaobh agus caitheadh Ian agus Lís amach as agus isteach i lár na screadanna uafásacha. Mhothaigh Ian é féin ag titim síos, síos, síos. Thit ciúnas mór faoi mar a bheadh a chluasa clúdaithe le flainín. An raibh deireadh leis anois? An raibh an dorchadas lena shlogadh ina bheatha?

Agus ansin, go tobann, bhuail a chos i gcoinne dorais, agus díreach mar a tharlódh ar Thraein na dTaibhsí,

110

scaoileadh Ian agus Lís amach faoi sholas geal na gréine agus thit siad ar an bhféar glas.

'A Iain! A Lís!' Chuala siad guth os a gcionn.

D'oscail Ian a shúile agus chonaic sé Alan Ing.

'Rithigí!' a scread an fear agus greim láimhe aige ar Ian agus ar Lís agus é á dtarraingt ar a dhícheall thar chlós páirceála folamh Stiúideo Eagla. SSSSSSSSS! Bhuail gaoth the iad sa droim agus leagadh sa díog iad. Agus iad ag streachailt ar a gcosa, rinneadh staic d'Ian. Chonaic sé foirgneamh ollmhór Stiúideo Eagla ag titim as a chéile. Ba chosúil le píosa guma coganta é.

'Céard tá ag tarlú?' arsa Ian.

'Tá Stiúideo Eagla á scrios féin,' arsa an t-oifigeach slándála.

'Céard?' arsa Lís. 'Cén chaoi?'

'D'athraigh mé an cheist,' arsa an fear. 'In ionad "Ar mhaith libh fáil réidh le hIan agus Lís?" is í an cheist a chlóscríobh mé ná "Ar mhaith libh fáil réidh le Stiúideo Eagla?" agus bhí an lucht féachana róchorraithe lena thabhairt faoi deara.'

Bhreathnaigh Ian agus Lís, béal leata, ar an gcara aisteach seo a raibh gruaig bhán air.

'Go raibh maith agat, a Alan,' arsa Ian faoi dheireadh. 'Bhí misneach agat. Agus bhí tú an-chliste.'

Ach chroith an fear a chloigeann agus lig sé osna.

'Ní raibh,' ar sé. 'Ní raibh mé cliste. Murach mise, bheadh Drannaire . . .'

'Drannaire!' Tharraing Lís a hanáil agus stán sí idir an dá shúil air. 'Ní hé Alan d'ainmse,' a scread sí. 'Is tusa Aindí!'

Dúirt an fear gurbh é agus bhreathnaigh Ian agus Lís ar a chéile go corraithe agus rinne gáire.

Ach bhí drochmhisneach ar Aindí. 'Drannaire bocht,' ar sé. 'Thairg an stiúideo íoc as bia Dhrannaire go deireadh a shaoil dá ligfinn dóibh é a thaispeáint ar an gclár. Ach ní raibh saol fada i ndán dó. Mharaigh Gráinne Ní Chéastúnaigh é mar ábhar spraoi don phobal. Thug siad airgead dom le mé a choinneáil ciúin ach ní in airgead a bhí mo spéis. Chuaigh mé díreach ar ais chuig an stiúideo.'

'Ach cén chaoi nár aithin siad thú?'

Rinne Aindí gáire searbh. 'Bhí mé ar buile. Bhí mé chomh lán sin le smaointe gránna tar éis dom Drannaire a chailliúint, go raibh mé díreach cosúil le duine acu féin. Shiúil mé isteach chuig Alan Ing agus chuir mé faoi ghlas é sa stór le taobh na hoifige sula raibh a fhios aige céard a bhí ar siúl. Bhí mé in ann gach rud a fheiceáil agus a chloisteáil ón oifig. Ba dheacair dom glacadh leis go bhféadfadh na daoine uafásacha seo a bhí i mbun Stiúideo Eagla daoine a chur as a meabhair agus a chur faoi dhraíocht.'

'Níor chuir siad dallamullóg ar Lís,' arsa Ian, 'ar feadh nóiméid amháin féin.'

'Bhuel, ná ortsa,' arsa Lís. 'Ach tá an buíochas ag dul do Dhrannaire. Murach Drannaire ní bheadh tusa tar éis teacht ar ais chuig an stiúideo ach an oiread le hAindí. Tá Drannaire tar éis Ian agus mise, agus gach duine eile a bhí ag breathnú ar Stiúideo Eagla, a shábháil.'

'Tá.' Bhí cuma smaointeach ar Aindí agus é ag gáire leis féin. 'Bheadh an-áthas ar Dhrannaire dá mbeadh a fhios sin aige,' ar sé. 'Ba chara le gach duine é.'

Tharraing Ian isteach anáil den aer glan agus bhreathnaigh trasna na páirce glaise, áit ina mbíodh an clós páirceála. Bhí an ghrian ag lonrú os cionn na carraige móire agus bhí boladh bhláthanna an earraigh ar an ngaoth. Bhí

Stiúideo Eagla ina luí mar a bheadh canbhás salach agus, roimh i bhfad . . .'

Tru-tru-tru-tru-tru. Tháinig tarracóir aníos an bealach. Thiomáin an tiománaí tharstu agus bheannaigh sé dóibh. 'Tá lá breá ann!'

Bhreathnaigh an triúr acu air agus é ag imeacht.

'Hé!! Cad chuige nár thug sé faoi deara nach raibh Stiúideo Eagla ann níos mó?' arsa Lís agus iontas uirthi.

'Carn de smaointe gránna a bhí i Stiúideo Eagla. Bhí sé de chuspóir acu mearbhall a chur ar ár n-intinn,' arsa Ian go mall. 'Anois agus é imithe, seans nach mbeidh cuimhne ag duine ar bith air ach agam féin, agatsa agus ag Aindí.'

Bhí an ceart aige.

Ceathrú uaire ina dhiaidh sin ghlaoigh Ian ar Mham ó bhosca teileafóin ar an bpríomhbhóthar le hiarraidh uirthi iad a phiocadh suas.

'Cén áit a bhfuil tú?' a d'fhiafraigh Mam. 'Céard tá á dhéanamh agat amuigh ar an mbóthar sin? Cé tá leat?'

'Lís agus Aindí.'

'Lís!' arsa Mam. 'Tá tú ró-óg le bheith ag dul amach le cailíní.'

'A Mham!!'

'B'fhearr duit do chuid staidéir a dhéanamh i gceart.'

'A Mham!'

'OK.' Osna mhór. 'Tiocfaidh mé in bhur gcoinne.'

Tháinig Ian amach as an mbosca teileafóin. Bhí an bheirt eile ina luí i gcoinne geata. D'éist sé lena nguthanna. Bhí siad ag caint faoi bhia. Ní féidir go raibh siadsan tar éis dearmad a dhéanamh chomh maith!

'Iasc agus sceallóga,' arsa Lís.

'Mairteoil agus anlann,' arsa Aindí.

'Céard fútsa, a Iain?' arsa Lís. 'Céard é an bia ab fhearr leatsa a fháil anois, láithreach? Ó, a Iain!' Chonaic sí an díomá ar a aghaidh agus rith sí sall chuige. 'Níl mise ná Aindí tar éis dearmad a dhéanamh ar Stiúideo Eagla,' ar sí.

'Ní dhéanfaidh mé dearmad go brách,' arsa Aindí. 'Go brách! Mar beidh mé ag cuimhneamh ar Dhrannaire.'

'Ach tá am againn le bheith ag smaoineamh ar rudaí eile anois, nach bhfuil?' arsa Lís.

'Tá,' arsa Ian. Ar ndóigh. Bhí an ceart ag Lís. Lig sé osna agus rinne sé iarracht liosta a dhéanamh de na rudaí ar fad a bhí ag Daid ina shiopa.

'Mmmmmm. Céard a déarfá le seacláid the agus císte?'

Bhí an triúr acu fós ag geabaireacht go sona sásta nuair a shroich Mam iad uair an chloig ina dhiaidh sin.

'Bhuel, bhuel!' arsa Mam nuair a dhreap Ian isteach sa charr. Ansin lig sí gíog iontais aisti nuair a thug Ian póg mhór di. 'Hmm. B'fhéidir go mbeadh dea-thionchar ag Lís air tar éis an tsaoil.'

'Ó, a dhiabhail!' arsa Ian leis féin. Bhí sé tugtha faoi deara aige go raibh Lís á scrúdú ag a mháthair i scáthán an tiománaí sular thosaigh sí an carr. Bhí súil aige nár chreid sí i ndáiríre go raibh sé ag siúl amach léi. Bhreathnaigh sé thar a ghualainn ar Lís.

'Póigín, a Shiopadóir,' arsa Lís ar an bpointe.

Agus rinne sí gáire.

Foclóirín

ainneoin	in spite of
ainseabhaí	anchovy
aireachtáil	notice/perceive
áitigh	convince
Alsáiseach	Alsatian
amaidí chainte	silly talk
anáil (as a.)	out of breath
anann	pineapple
anois beag	just now
aoibh go cluas	smiling from ear to ear
báiní (le b.)	furious
balbhán (rinneadh b. de)	he was struck dumb
beidh a fhios againn	we'll find out
barr creatha (ar bh. c.)	trembling fiercely
boinn (ar a gceithre b.)	on all fours
bolgán	light bulb
brat allais	covered in sweat
bréantachán	stinker
cantalach	cantankerous
cás	cage
cianrialtán	remote control
cime	prisoner
cogarnaíl	muttering
coinnígí guaim	keep cool
corraíl	excitement
cothaigh	feed
craobhacha (le c.)	mad
creathanna fuachta	cold shivers
crith	tremble
cromada (ar a chr.)	crouched
cúngaigeanta	narrow-minded

dallamullóg	deception, delusion
Dar fia!	by Jove!
dath an bháis	very pale (lit. colour of death)
diailigh	dial
díoscánach	creaking
drochuair (ar an d.)	unfortunately
ealta	flock
eas	waterfall
faghairt	fire
faiche	lawn
fainic	warning
fálta	hedges
féinmhuiníneach	self-confident
féitheanna	veins
flainín	flannel
folt bréige	wig
fostú (i bhf.)	entangled
freagairt	respond to
fuadach	kidnap
fústar	fuss
gabh	catch/hold
geabaireacht	blathering
gearradh	scar, cut
go géilliúil	submissively
geonaíl	whimpering
gíog iontais	a cry of surprise
gliobach	untidy
gnúsacht	grunt
gogaide	hunkers
grágaíl	croaking
gráin	hate
gréisc	grease
impí	beg

íoclann	surgery
iompaigh	to turn
lá na cinniúna	that all important day
lasracha	flames
lasta	flushed
leasc (ba l.)	was reluctant
leath gáire uirthi	she smiled
liomóg	pinch
loscadh	burning
maith	forgive
mapa	mop
marbhánta	oppressive
meall	lump
méiseáil	messing
mílítheach	unhealthy
mioscaiseach	spiteful
mullach	
(i m. a chéile)	helter-skelter
(ar mh. a chinn)	head first
mustrach	swaggering
neamhurchóideach	innocent
pasáiste	corridor
piachán	hoarseness
poll duibheagáin	bottomless pit
roic sé	he wrinkled
ruaigeadh	drive away
rúibín	ruby
saothar ar	out of breath
saothrú	to earn
scairdeáin chriostail	crystal fountains
sciotaíl	giggling
searbhasach	bitter
seit	set

seomra smididh	make-up room
oifig shlándála	security office
snámh (ar s.)	floating
sómasach	luxurious
spréacha	sparks
slog	swallow
staic	
fágadh ina s.	was left rooted to the spot
rinneadh s. de	he was flummoxed
strainceanna	(making) faces
streachail	struggled
suarach	lousy
taibhseach	imposing
talamh (ag dul i dt.)	sinking into the ground
teacht (ag t. roimhe)	interrupting him
teagmhaigh	touch
tionscain	invent
tocht	a lump in his throat
tónacán (ag t. ina chathaoir)	shifting in his seat
traein na dtaibhsí	ghost train
tréshoilseach	translucent
ursain	door-post